Collection
PASSION

Dans la même collection

PATT BUCHEISTER

LA MAISON DANS L'ARBRE

PRESSES DE LA CITÉ
PARIS

Titre original :
ELUSIVE GYPSY

Première édition publiée par Bantam Books, Inc., New York, dans la collection Loveswept ®. Loveswept est une marque déposée de Bantam Books, Inc.

Traduction française de Vassoula Galangau

© 1989 by Patt Bucheister
© 1990, Presses de la Cité, pour la traduction française
ISBN : 2-285-00289-0

1

QUELLE honte! Tante Edith avait perdu la tête!

Le Dr Thorn Cannon relut pour la énième fois la carte postale qu'il avait reçue le matin même et dont le texte, hélas, ne permettait aucun doute. Tatie était en plein délire...

« J'ai gagné au loto et épousé Taylor Mead samedi dernier, bons baisers de Waikiki. »

Cela, pour le verso. Le recto, lui, représentait des palmiers froissés par le vent en ombre chinoise, sur fond de crépuscule. D'après le cachet de la poste, la missive avait été expédiée quatre jours plus tôt.

Thorn jeta la carte postale au milieu du fouillis de son bureau. Voyons... quand avait-il parlé pour la dernière fois à sa tante? Mais oui! La vieille dame s'apprêtait alors à effectuer une excursion organisée en Floride, avec un groupe du troisième âge. Eh voilà! Selon toute vraisemblance, le voyage avait été riche en surprises et émotions en tous genres.

Ainsi, au lieu de rentrer sagement au bercail,

munie des traditionnelles photos de vacances et de quelques souvenirs bon marché, tatie s'était envolée à Hawaï. Avec un type que Thorn, son unique neveu, ne connaissait ni d'Eve ni d'Adam. Et en emportant une petite fortune.

Thorn avait travaillé d'arrache-pied toute la semaine, mais si sa tante avait daigné lui envoyer une invitation à son mariage, il l'aurait certainement remarquée. Non, tout cela ne lui disait rien qui vaille.

Le jeune homme avait déjà passé un coup de fil à M. Grundy, le voisin de sa tante. Celui-ci lui annonça qu'Edith n'était revenue de voyage que pour repartir en lune de miel. Et lorsque Thorn avait demandé si M. Grundy savait où il pourrait la joindre, le vieux grincheux l'avait carrément envoyé paître.

Thorn Cannon n'en revenait pas. Ses rapports avec Edith Warwick, dont il était le seul parent, avaient toujours été au beau fixe. Bien sûr, depuis trois ans, date à laquelle Thorn avait obtenu son diplôme de médecin, il n'avait plus le temps d'aller la voir à Bowersville. Mais il ne manquait pas de l'appeler tous les quinze jours au téléphone.

Pourquoi ne l'avait-elle pas mis au courant d'un événement aussi important que son mariage? Tante Edith avait conservé une grande jeunesse d'esprit, mais tout de même... Ce n'était plus une gamine et Thorn ne pouvait pas s'empêcher de se faire du souci pour elle.

Un dernier coup d'œil à la carte postale le

décida. Tant pis, il serait contraint de se déplacer à Bowersville. Il fallait qu'il sache qui était ce Taylor Mead et pour quelle raison sa tante l'avait-elle épousé. Par chance, Richard, son associé, était de garde tout le week-end.

Aussi Thorn pouvait-il quitter Des Moines au milieu de l'après-midi du vendredi.

Il s'arrêta chez lui le temps d'empiler quelques affaires dans une mallette de cuir qu'il jeta dans le coffre de sa BMW gris métallisé. Il n'avait pas beaucoup dormi la veille au soir à cause d'une urgence, mais plus rien ne pouvait le détourner de son but : sauver, si cela se pouvait encore, tante Edith du démon de midi.

Deux heures plus tard, la BMW franchissait le pont du Little Sioux River et roulait dans la Grande Rue, le quartier commerçant de Bowersville. Thorn eut l'impression de remonter le temps et jeta machinalement un coup d'œil à l'horloge qui surmontait la poste.

Bowersville, un village de cinq cents habitants, n'avait ni commissariat de police, ni hôpital, encore moins de salle de cinéma. Un bus bancal conduisait tous les matins les élèves dans une école à mi-chemin d'Algona. Deux églises vieilles de trois siècles constituaient en tout et pour tout les sites touristiques de la localité.

Le soleil encore chaud de septembre achevait de jaunir les affiches qui obstruaient les vitres de la quincaillerie. Juste à côté, le *Peabody's* était resté la seule épicerie du village digne de

9

ce nom, flanquée par l'unique pharmacie et le *Ruby's Café*, où l'on servait du café à volonté pour la modique somme de cinquante *cents*. Cannon freina. Le bistrot avait toujours été un haut lieu de ragots et il espérait en apprendre un peu plus que ce que M. Grundy avait bien voulu lui dire. Ensuite, il irait dire deux mots au juge de paix, le magistrat qui avait uni la destinée de tante Edith à celle d'un parfait inconnu.

Le jeune homme gara sa voiture le long du trottoir et pénétra dans la salle enfumée du troquet.

Il y avait belle lurette que le fondateur de ce respectable établissement mangeait les pissenlits par la racine. A sa place, Mme Lindstrom, sa petite-fille, avait repris dignement le flambeau familial. Quelques innovations audacieuses frappèrent Cannon d'emblée : un four à micro-ondes se logeait derrière le comptoir et un écriteau flambant neuf annonçait « hotdogs et hamburgers à toute heure ».

Il commença par adresser son plus beau sourire à la patronne replète, avant d'y aller de ses questions. Mme Lindstrom servit à Thorn une énorme part de tarte aux pommes et une tasse de café odorant. Après quoi, elle se fit une joie de lui raconter par le menu détail la cérémonie, à laquelle elle avait assisté, ainsi que tout Bowersville. Après s'être extasiée sur la robe de la mariée et la distinction naturelle de son époux, elle baissa le ton de deux octaves.

10

– M. Mead est un peu plus jeune qu'Edith, vous savez...

Sapristi! Un gigolo!

– Beaucoup plus jeune? osa Thorn, mortifié.

– Ça, qui peut le dire, hein?

Sachant que le neveu d'Edith était médecin, Mme Lindstrom en profita pour lui demander conseil sur ses durillons. Le front assombri, le jeune homme répondait par des considérations d'ordre général. En fait, il était inquiet. Furieux, surtout. Furieux après la terre entière et, plus particulièrement, après ce juge de paix qui avait permis qu'une telle ineptie ait lieu. Ah! S'il tenait ce vieux croûton, il lui dirait entre quatre yeux ce qu'il pensait de lui.

Mme Lindstrom avait momentanément quitté son comptoir pour servir des bières à deux clients. De retour, elle proposa à Thorn une autre tasse de café. Celui-ci refusa; il se sentait bien assez nerveux comme cela.

– Merci, madame Lindstrom. Je voudrais parler au magistrat qui a marié ma tante. Savez-vous où puis-je...

– A la pêche, lança un nouvel arrivant. Je lui ai vendu des appâts il y a moins d'une heure.

Une discussion animée sur les ruses du bon pêcheur s'ensuivit entre les villageois.

Cannon sortit du café, avec la ferme intention de poursuivre son enquête. Ayant récupéré sa voiture, il retourna au pont qui enjambait le fleuve et s'y gara. Ensuite, il marcha à vive allure pendant un bon quart d'heure le long du

11

Little Sioux River, sans rencontrer âme qui vive. Il était sur le point de faire demi-tour, lorsqu'un grand plouf le fit sursauter. Qu'était-ce? Un gros poisson pris à l'hameçon et se débattant éperdument? Un corps humain jeté dans la rivière?

Revenu sur ses pas, il s'avança en direction du bruit, à travers les érables, et déboucha dans une clairière tapissée de buissons. De cet endroit, des falaises cachaient la vue de l'eau. Sur une pierre lisse, Thorn aperçut un panier de pêche et, à côté, une pile de vêtements : blue jean délavé, vieux T-shirt à manches longues, mocassins, panty de soie bleu ciel garni de dentelle.

– Ne vous approchez pas. La pente est glissante.

C'était une voix amusée en provenance de la rivière. Prudent, Thorn fit deux pas en avant. Il s'immobilisa, le souffle court. L'apparition se tenait au milieu de l'eau vert menthe, où le soleil allumait des lueurs diamantées. Ses cheveux châtain doré s'enroulaient en un chignon précaire au sommet de sa tête. Quelques bouclettes s'en échappaient et dégringolaient jusqu'à ses épaules constellées des perles d'eau. Le regard de Thorn s'attarda à la naissance des seins ronds et fermes, remonta vers le visage d'ange, et il se dit qu'il devait être victime d'une hallucination. Pourtant, les immenses yeux bruns tachés de pépites d'or qui le fixaient en retour, avaient l'air terriblement réels.

– Eh bien, dit-il, je cherchais un juge de paix et j'ai trouvé une sirène.

– D'habitude on cherche un juge de paix soit pour se marier, soit pour authentifier un acte d'état civil. Dans quel cas êtes-vous?

– Aucun.

– Tant mieux. Je n'ai pas mon costume de cérémonie et je ne porte jamais mon sceau sur moi.

Thorn ouvrit des yeux ronds.

– Vous êtes le juge de paix?

– Oui, je suis juge. Cela doit heurter votre opinion sur la magistrature, mais je n'ai pas pu m'empêcher de plonger.

– Je comprends. Vous n'aimez pas les maillots de bain?

Elle remplit sa paume d'eau et répandit lentement un million de gouttelettes scintillantes sur la peau lisse et légèrement hâlée de son bras.

– Ce n'est pas la même chose.

– Je vois, murmura-t-il, jaloux des flots sombres qui la caressaient.

– Vous ne verrez rien de plus, railla-t-elle. Voulez-vous me jeter ma serviette? Je voudrais sortir de l'eau.

– Et qui vous en empêche?

Le jeune homme s'était accroupi sur la berge et la dévorait des yeux mais Rachel décela sur sa physionomie une bonne dose d'humour. Thorn Cannon, le neveu d'Edith. La vieille dame devait en être très fière car les photos de son neveu chéri abondaient chez elle. A vrai dire, il n'était pas photogénique car, sur les clichés, Rachel n'avait jamais été frappée par ses cheveux d'un noir d'obsidienne ni par ses yeux étonnemment bleus. Thorn, qui n'avait pas encore trente ans, mesurait un bon mètre quatre-vingts, ce qui eut été impossible à deviner d'après ses portraits encadrés. Pour le moment, il arborait l'air du super-mâle langoureux, un air détestable qui, cependant, faisait à Rachel l'effet d'un courant électrique.

— Eh! Ma serviette! cria-t-elle, avec toute l'autorité dont elle était capable.

Il eut l'air de redescendre de son nuage.

Rachel attrapa au vol la serviette qu'il lui lança, avant de s'avancer vers le rivage. Elle émergea, telle Vénus sortant des eaux, drapée dans le tissu éponge habilement noué au-dessus des seins. Thorn s'empressa de lui offrir une main secourable pour l'aider à se hisser sur les rochers moussus. Elle était mince, élancée, remarqua-t-il, et beaucoup plus grande que toutes les femmes de son entourage. Sous le charme, il oublia de relâcher sa main.

— Excusez-moi, fit Rachel en frissonnant.

Une fois sa main libre, elle demanda :

— Pourquoi êtes-vous venu à Bowersville, docteur Cannon?

— Comment savez-vous mon nom?

— Par vos photos qui décorent la maison de votre tante.

— Vous avez donc un avantage sur moi, mademoiselle...

— Rachel Hyatt.

Silence. Les yeux bleus de Thorn pétillaient.

14

– Puisque vous ne m'avez pas reconnue, reprit-elle, je suppose que vous avez également oublié l'épisode du crapaud.

– Plaît-il?

– J'avais à peine six ans et ce fut mon premier traumatisme. Vous avez introduit un crapaud sous ma jupe. Sans ma force de caractère, cet incident m'aurait conduite à coup sûr sur un divan de psychanalyste.

– Oui?

– Il en faut moins pour se payer une bonne névrose. J'étais devant chez *Peabody's* en train d'attendre mon grand-père. Vous vous êtes approché subrepticement. Ensuite, vous avez extirpé l'horrible créature de votre poche et vous l'avez mise sous ma jupe en vous tordant.

– Et alors?

– Alors rien! Non seulement je n'ai pas bronché, mais je vous ai rendu le crapaud sans un mot. Ça vous en avait bouché un coin.

– Ah je m'en souviens maintenant. Rachel Hyatt, bien sûr... Vous avez changé.

– Vous aussi. Vous n'avez plus vos boutons et le coup du crapaud sous les jupes des filles ne doit plus vous amuser.

– J'y ai renoncé il y a deux ans.

Rachel se mit à rire et Thorn faillit oublier ses bonnes manières et l'attirer dans ses bras.

– Il paraît que vous avez marié ma tante à un inconnu, jeta-t-il en toussotant.

– Il n'est pas inconnu pour votre tante.

Thorn sentit la colère lui chauffer les oreilles.

– Ça c'est la meilleure! N'éprouvez-vous donc aucun remord d'avoir uni une femme de soixante-douze ans à un mirliton qu'elle venait juste de rencontrer?

– Qu'est-ce qui vous dérange dans tout ça, monsieur Cannon? Le mariage de votre tante? Son âge? Le fait qu'elle soit devenue si riche, tout à coup?

Bon sang! Instantanément, il fut déchiré entre l'envie d'étrangler cette personne qui l'insultait et celle de la violer sauvagement sur le gazon.

– Si vous me connaissiez tant soit peu, vous n'auriez jamais fait cette remarque stupide, objecta-t-il dignement.

– Alors, que cherchez-vous?

– Des réponses à des questions que je me pose. Et je ne partirai pas sans avoir eu satisfaction. J'ai le droit de me faire du souci pour ma tante, que j'aime beaucoup.

Rachel lui tourna le dos et attrapa son T-shirt.

– Edith se porte comme un charme. Je ne l'ai jamais vue plus heureuse, rassurez-vous.

Ce disant, elle glissa ses bras dans les manches de coton. Fasciné, Thorn suivit du regard la serviette qui s'affaissait sur l'herbe. Par manque de chance, le bas du T-shirt couvrait astucieusement la jeune femme jusqu'à mi-cuisses.

– Et vous faites ça souvent? interrogea-t-il.

– Quoi donc? Marier des personnes du troisième âge?

– Non. Vous habiller devant des étrangers.

16

– Vous n'êtes pas un étranger, Cannon. N'êtes-vous pas un enfant du pays?

Avec une grâce inimitable, elle enfila le panty bleu ciel. Son ancien métier de mannequin avait appris à Rachel à se changer en un tournemain, sans fausse pudeur ni provocation. En fait, c'était la première fois qu'elle se sentait un peu gênée devant un homme.

– Comment ma tante a rencontré ce type?

– Pendant son séjour en Floride, Edith a gagné onze millions de dollars au loto. M. Taylor Mead, banquier à la retraite, qui faisait partie du groupe, l'a fort bien conseillée pour placer son argent.

Thorn ricana.

– En s'arrangeant pour lui tourner la tête.

– Pas du tout! Edith et Taylor sont sincèrement épris l'un de l'autre.

Elle avait mis son blue jean et ses mocassins. D'un geste un peu sec, elle retira l'épingle qui retenait son chignon et la masse de sa chevelure châtaine striée d'or dégringola dans son dos.

– Ai-je répondu à vos questions, docteur?

– Non. Je suis toujours inquiet pour ma tante.

– Elle est assez grande pour s'occuper de ses affaires.

– Peut-être, mais je voudrais en avoir le cœur net. Elle m'a envoyé en tout et pour tout une carte postale me mettant devant le fait accompli. Ça ne lui ressemble pas.

– Sans doute a-t-elle pressenti que vous vous opposeriez à ses projets matrimoniaux. La preuve!

– Quoi, la preuve? Je cherche simplement à me rassurer.

Une énigme, cette fille-là. Avec son parfum sophistiqué et ses sous-vêtements coûteux sous de vieilles nippes...

– Que diable faites-vous à Bowersville? demanda-t-il.

– J'ai hérité de mon grand-père et...

– Vous n'êtes pas à votre place ici, coupa-t-il, avec une sombre conviction. Vous auriez dû être mannequin, au lieu de vous gâcher la vie dans ce bled.

Rachel fit une moue. Tout le problème était là. Sa place ne semblait se trouver nulle part. Ni à Bowersville, ni à New York, pas plus qu'à Paris ou à Rome. Rien ne l'agaçait plus que d'en parler.

– Il s'agit de votre tante, pas de moi, rappela-t-elle, glaciale.

– Mais pourquoi a-t-elle épousé ce coureur de dot? Bon sang! A son âge...

– Il n'y a pas d'âge pour être heureux, docteur Cannon.

– Ah oui! Puisque vous avez présidé la cérémonie, vous devez être bien placée pour le savoir. Pouvez-vous me le garantir?

– Je suis juge. Pas extra-lucide.

– Aux dires de Mme Lindstorm, le mari de ma tante est plus jeune qu'elle.

– En effet. Taylor Mead a soixante-dix ans.

– Ah bon, parce que...

– Ecoutez, Cannon. Rien ne sert de vous morfondre.

18

Edith doit m'appeler demain de Hawaï. Voulez-vous que je lui dise de vous téléphoner chez vous, à Des Moines?

– Je serai ici tout le week-end.

– Le bled n'a pas d'hôtel.

– Je resterai dans la maison de ma tante.

Rachel ramassa le panier de pêche et la serviette éponge, l'air résigné.

– En ce cas, suivez-moi, soupira-t-elle. C'est moi qui ai les clés.

Chacun gagna sa voiture. Rachel conduisait une rutilante Porsche couleur fraise écrasée, mais Thorn n'en fut guère surpris. Il avait déjà compris que l'on pouvait s'attendre à tout, avec une fille comme elle.

La Porsche freina brutalement devant une maison de style colonial, avec des murs blanc cassé et des volets pervenche dont la peinture s'écaillait.

– Attendez-moi, je reviens avec les clés, lança-t-elle en claquant la portière de sa voiture.

Ce n'était pas le genre de phrase qui arrêtait Thorn. Celui-ci se précipita à la suite de la jeune femme et entra dans un vestibule dénudé, puis un salon vide. Pas un meuble, pas un tapis, pas un rideau aux fenêtres.

Des pas légers résonnèrent sur les marches. L'instant suivant, Rachel le découvrait devant la cheminée.

– Voilà, dit-elle, en lui remettant un trousseau de clés. La grosse clé est celle de la porte d'entrée. Les autres sont marquées d'une étiquette.

– Je me débrouillerai. Depuis quand vivez-vous dans cette maison?

– Un an, pourquoi? répliqua-t-elle, sur ses gardes.

– De mon temps, mes copains l'appelaient « la bicoque hantée du vieux Baskin ».

– Oliver Baskin était mon grand-père. Outre cette maison, il m'a légué quelques propriétés en ville.

– Votre grand-père avait-il quelque chose contre les meubles?

– Au contraire Il y en avait trop. J'ai tout fait enlever.

« Pourquoi ce goût du vide? » se demanda-t-il, mais Rachel coupa court à d'éventuelles questions.

– Edith m'appelera demain soir à huit heures.

– Je serai là... Si ça ne vous dérange pas.

– Si c'est la seule façon de vous rassurer sur le sort de votre tante...

– Alors, à demain.

Lorsque le moteur de la BMW se fit entendre, puis s'éloigna, Rachel se dit qu'elle aurait pu inviter Thorn à dîner. Le *Ruby's* fermait de bonne heure et il n'y avait pas grand chose dans le frigidaire d'Edith. « Oh, et puis à quoi bon », se dit-elle, debout au milieu du grand salon nu et poussiéreux.

Les nourritures terrestres ne préoccupaient guère Cannon. Seule Rachel occupait ses pensées. Sa beauté étonnante. Son mystère. Voilà une créature ravissante et sophistiquée qui circulait dans une Porsche et qui habitait une vieille maison vide dans Bowersville, un village perdu au fin fond de l'Iowa...

Cela n'avait pas plus de sens que la subite décision de tante Edith de se marier. Thorn se faisait fort de résoudre l'énigme avait la fin du week-end. Et pas seulement celle du mariage de sa tante.

2

Rachel buvait tranquillement sa deuxième tasse de café matinal, quand Henry Avery l'appela de New York.

Henry était son ancien agent, du temps où elle exerçait la profession de mannequin, dans la jungle new-yorkaise. Devenu un grand ami, il l'avait aidée à changer d'orientation et à créer sa propre bande dessinée, « Fancy Fannie ». Homme d'affaires avant tout, il n'avait jamais très bien saisi pourquoi la jeune femme avait tout abandonné pour aller moisir à Bowersville. Henry savait à peine où se trouvait ce bled. Pour sa part, il considérait New York comme la plus belle ville du monde et comprenait mal qu'on puisse la quitter.

Rachel raccrocha en riant. Elle venait de refuser, une fois de plus, les propositions mirobolantes de son ami. Celui-ci reviendrait à la charge, elle le savait. C'était un jeu qu'ils jouaient tous les deux, depuis qu'elle s'était installée dans la maison de son grand-père, où, enfin, elle pouvait dessiner tout son soûl...

En effet, l'héritage avait dépassé toutes ses espérances. Outre la vieille demeure, grand-père Baskin possédait la moitié du village, sans compter les terres. Un joli revenu pour Rachel. Celle-ci n'avait plus besoin de poser devant les photographes pour pouvoir poursuivre sa carrière de dessinatrice de bandes dessinées. Du jour au lendemain, elle avait mis fin à son ascension fulgurante en tant que mannequin. Ce fut à ce moment qu'elle s'était offert la Porsche, étincelant symbole d'un passé révolu.

La jeune femme ne regrettait rien. Au contraire, depuis son retour à la campagne, elle éprouvait une sorte de paix de l'âme propice à la création. Jusqu'à hier. Mais de cela, elle ne voulait plus en entendre parler.

Après une troisième tasse de café, elle décida de se mettre au travail. Seules les pièces qu'elle utilisait étaient meublées : sa chambre, son studio, une salle de bains, la cuisine.

L'atelier, vaste espace décoré de plantes vertes, s'ornait, outre le plan de travail, la bibliothèque et un vieux buffet kitch, d'un magnifique mobile de cristaux en forme de dauphins, suspendu par le plafond. Lorsque les rayons de soleil le traversaient, ils éclaboussaient les murs de toutes les couleurs de l'arc-en-ciel.

Rachel enfila sa blouse de travail, avant de se jucher sur un haut tabouret. Munie de son walkman, elle poussa la musique à fond, puis trempa un pinceau fin dans un pot d'encre pourpre. Elle s'apprêtait à l'appliquer sur l'écharpe de Fannie, son héroïne, mais son geste resta en suspens.

L'œil rond, elle considéra le croquis. La veille au soir, elle avait inventé un nouveau personnage, un alter ego masculin de Fannie.

Ça avait l'air d'une plaisanterie, mais...

La jeune femme se pencha et regarda de plus près. Pas de doute : ces cheveux épais, d'un noir d'obsidienne, cette mâchoire volontaire, la fossette au menton, les yeux bleus plein de malice... c'était le portrait craché du dénommé Thorn Cannon. L'homme que Rachel avait rencontré la veille et dont elle ne voulait plus en entendre parler, pour son bien.

Elle remit le pinceau dans le pot et déchira de haut en bas le dessin. L'encre pourpre lui tacha les doigts et elle se tourna, en quête d'un chiffon.

Ce qu'elle aperçut lui arracha un cri de surprise.

Echappé de la bande dessinée, Thorn Cannon s'était matérialisé contre l'embrasure de la porte. En blue jean moulant et en sweater. Ses lèvres bougeaient mais aucun son n'en sortait.

— Vous dites?

Il sourit et reprit son manège. Rachel secoua la tête, fit taire Mozart et ôta ses écouteurs.

— Qu'avez-vous dit?

— Bonjour, Rachel.

— Bonjour, docteur Cannon.

— Soyez moins guindée, je vous en prie. Sinon, j'ai l'impression de faire une urgence.

— Que désirez-vous?

— Un peu de café. Ma tante est une grande buveuse de thé et...

– Ça fait la deuxième fois.

– Que?

– Que vous entrez chez moi sans y avoir été invité.

– C'est une habitude déplorable que je m'efforce de combattre. Mais j'ai eu beau sonner, vous n'écoutiez que Wolfgang Amadéus. Au bout d'un moment, je me suis permis d'entrer.

– Vous êtes là depuis longtemps?

– Non, mais quelle importance?

– Aucune.

Nullement impressionné par la sécheresse de sa voix, il se mit à regarder différents croquis épinglés sur un panneau de liège, où ils séchaient. Fancy Fannie, reconnut-il. Une jeune bohémienne qui fait le tour du monde et vit, dans différents pays, des aventures passionnantes. Un personnage attachant, quoiqu'un peu extravagant. Un trait de crayon sûr accompagné d'un texte plein d'humour..., signé R. Dorsey, le célèbre créateur de Fannie.

– Décidément, vous avez plus d'une corde à votre arc. Félicitations, mademoiselle Dorsey, mais pourquoi m'avoir dit que vous vous appeliez Hyatt?

– Parce que c'est mon nom. Dorsey est mon deuxième prénom. Je m'appelle Rachel Dorsey Hyatt.

– Dieu merci. Pendant une seconde, le monde a chaviré. J'ai eu peur que Dorsey soit votre nom de femme mariée. Bon... maintenant que tout malentendu s'est dissipé, je descends à la cuisine. Voulez-vous que je vous apporte un peu de café?

– Non. J'y vais.

– Je ne voudrais pas vous déranger.

– Vous ne me dérangez pas. J'allais faire une pause.

Il la suivit à travers la cage d'escalier, puis dans l'enfilade des pièces vides.

Comparée au désert du reste de la maison, la cuisine était une véritable révélation.

Il y avait une profusion de plantes aux fenêtres, des placards peints en jaune bouton d'or, des ustensils bleus. A l'écart, dans une alcôve, trônait une table ronde en merisier avec des chaises autour et, sur le-dessus, des napperons jaunes et bleus, assortis aux couleurs dominantes de la cuisine.

Thorn émit un sifflement.

– Vous ne vous sentez pas un peu à l'étroit ici?

Rachel ne put s'empêcher de rire. Elle s'était pourtant juré de garder ses distances vis-à-vis de cet individu.

– Voulez-vous du lait dans votre café? demanda-t-elle en disposant deux tasses de porcelaine bleue sur le comptoir.

– Pas de lait. Mais je meurs de faim, avoua-t-il avec une simplicité désarmante. Les placards de tante Edith contiennent en tout et pour tout une demi-douzaine de conserves de pois-chiche et quant à son frigidaire, il évoque la Sibérie avant le dégel.

Ce disant, il ouvrit le réfrigérateur de Rachel et se pencha pour examiner l'intérieur.

– Hum, pas brillant. C'est quoi ce vieux paquet, au fond?

26

— Des yaourts.

— Bah...

— Vous n'aimez pas?

— Pas particulièrement. Tiens, six bouteilles de jus d'orange. Vous les avez eu en solde ou quoi?

Il poussa soudain un cri de triomphe en découvrant une demi-douzaine d'œufs dans un carton.

— Vous permettez? Une bonne omelette me remettrait d'aplomb et apaiserait mon inquiétude au sujet de tante Edith.

Très à l'aise, il commença à confectionner les ingrédients nécessaires, ouvrant et fermant les tiroirs, sans un regard vers Rachel.

Elle finit par se sentir de trop et se posa discrètement près de la table. Thorn mit la poêle à frire sur le feu, en sifflotant, tout en battant énergiquement les œufs dans un saladier. Il y ajouta un peu de basilic, de l'origan et de l'ail séché qu'il dénicha dans un placard. Peu après, il apportait, triomphant, une appétissante omelette à table, ainsi que deux verres de jus d'orange.

Il servit Rachel, jeta le reste dans son assiette, leva son verre et porta un toast :

— Au petit déjeuner, le repas le plus important de la journée.

Machinalement, elle trinqua avec lui.

— Je ne prends jamais de petit déjeuner.

— Vous devriez. Je suis médecin, ne l'oubliez pas. Vous vous détraquez la santé. Mangez donc... Allez plutôt vous laver les mains, elles sont pleines d'encre.

Elle poussa un soupir, avant de s'exécuter.

– Edith m'a souvent dit que vous étiez plutôt em... autoritaire. Je vois qu'elle disait vrai.

– Les gens qui ont raison sont souvent traités d'autoritaires. Asseyez-vous et mangez pendant que c'est chaud...

Il attendit qu'elle soit installée, avant de reprendre :

– Je trouve curieux que ma tante ne m'ait jamais parlé de vous.

Rachel picora dans son assiette.

– Vous en savez plus sur moi qu'Edith.

– Oui ? Elle ne sait pas que vous êtes Dorsey ?

– Personne ne le sait ici.

– Pourquoi ? A votre place, je serais fier de faire quelque chose d'aussi créatif que « Fancy Fannie ». Pourquoi le cacher ?

Elle lâcha sa fourchette, sur la défensive.

– Ce n'est l'affaire de personne.

Thorn s'abstint de tout commentaire. Il n'en pensait pas moins, c'était évident. Rachel flanqua son verre sur la table avec une force inutile.

– Je n'ai pas honte de ce que je fais !

Thorn la trouvait vraiment magnifique, lorsqu'elle se mettait en colère, avec ses yeux de tigresse aux iris sombres striés de lignes dorées.

– Je n'ai rien dit de tel, répondit-il calmement. Finissez donc votre repas. C'est très mauvais de se disputer avec l'estomac vide.

– Je ne me dispute pas. Je mets les choses au point.

– C'est fait. Votre œuvre ne me regarde pas non plus. Maintenant mangez, sinon vos œufs seront froids.

Rachel baissa le nez sur son omelette. Elle se croyait toujours obligée de se justifier. Une manie agaçante dont il fallait se débarrasser.

– Qu'est-ce que tante Edith ignore encore à votre sujet?

– Euh... c'est tout, je crois.

Inutile de le mettre au courant de sa carrière de modèle. Ni Thorn, ni personne d'autre. Tout cela appartenait au passé, son passé.

– Et moi je pense que vous êtes une petite cachottière, objecta-t-il, en hochant la tête. Je suis sûr qu'il y a encore un millier de choses que vous ne voulez pas avouer.

– Je vous assure que...

– C'est pourquoi vous avez pris racine dans ce bled, telle une rose dans un parterre de radis.

Elle haussa les épaules.

– Pourtant, je ne suis pas différente des autres.

– Attention, votre nez s'est rallongé, se moqua-t-il.

De toute évidence, il ne croyait pas un mot de ce qu'elle disait.

Thorn prit les assiettes vides et les porta à l'évier. En revenant, il ramena le pot de café et remplit leurs tasses.

– Je vous remercie pour le breakfast. Si vous m'aviez envoyé paître, je serais au *Ruby's Café*, à écouter Mme Lindstrom se plaindre de ses durillons. Encore faut-il qu'à cette heure-ci le café soit ouvert.

– Il ouvre à sept heures du matin. Les habitants de la région sont des lève-tôt.

— Je l'ai remarqué. Pendant que je faisais mon jogging, il y en avait du monde aux fenêtres.

Rachel ne put s'empêcher de rire.

— Le jogging n'a pas encore « percé » à Bowersville.

— Il y a des tas de choses qui n'ont pas percé à Bowersville, bougonna-t-il. Ici, rien n'a bougé depuis des siècles. Le passage d'une voiture pétaradante doit constituer un événement.

— C'est en effet ce que les autochtones préfèrent, répondit-elle un peu sèchement.

Encore une pierre au mur qui, peu à peu, s'élevait entre eux, songea le jeune homme, dépité.

Rachel se leva et porta sa tasse et sa soucoupe à l'évier. C'était un plaisir de la regarder se déplacer. Chacun de ses mouvements enchantait par sa grâce. Son corps, mince, félin, élancé, malgré les nippes informes dont elle s'affublait, aurait pu damner un saint. Et Thorn Cannon était loin d'être un saint.

Il repoussa sa chaise, se leva à son tour et se mit à nettoyer la table.

— Je n'ai jamais pris de petit déjeuner avec un juge de paix.

— On est quitte. Personne ne m'a jamais préparé mon petit déjeuner.

Il dissimula sa surprise.

— Oui, mais vous avez toujours un point d'avance sur moi. Vous devez connaître au moins un médecin. Alors que moi, je n'ai jamais rencontré de créateur de bande dessinée, ni de juge de paix.

30

Elle se sécha les mains à l'aide d'une serviette et le regarda. Une lueur d'humour dansait dans ses prunelles bleu vif. Le regard de Rachel glissa involontairement sur la bouche sensuelle de Thorn, qui disait :

— Je veux bien vous dire pourquoi je suis devenu médecin, si vous me racontez comment vous êtes devenue juge de paix.

— Ce n'est pas compliqué. J'en avais assez d'aller à Algona chaque fois que j'avais besoin d'un notaire. J'ai décidé de devenir notaire mais l'employé de la mairie s'est trompé de formulaire... Je me suis rendu compte de l'erreur la première fois que j'ai reçu mes appointements de l'État. Je n'ai pas eu le temps d'aller chercher le bon formulaire et, par ailleurs, je n'ai pas encore eu besoin de notaire, puisque je n'ai pas encore trouvé d'acheteur pour la propriété de grand-père. Ainsi, juge de paix je suis restée.

— Pourquoi ma tante ne s'est-elle pas mariée à l'église ?

— Taylor et Edith n'ont pas la même religion. D'un commun accord, ils ont opté pour un mariage civil... C'est tout à fait légal, vous savez, ajouta-t-elle après une pause. Je me suis appliquée à ce que tout soit fait dans les règles.

Thorn fronça les sourcils et croisa les bras sur sa poitrine.

— Peut-être, mais ça n'explique toujours pas pourquoi ma tante m'a caché qu'elle allait se marier. Ce n'est vraiment pas son genre.

Pendant qu'il se perdait en supputations,

Rachel, de son côté, essayait de mettre de l'ordre dans ses idées. C'était fou ce que cet individu pouvait produire comme effet sur ses sens. De toute sa vie, Rachel n'avait été aussi consciente de la proximité d'un corps masculin. Naturellement, ce serait encore plus fou si elle tombait amoureuse de lui. De cela, il n'en était pas question.

La jeune femme secoua la tête.

— Vous parlerez à Edith ce soir. Elle seule peut répondre à vos questions.

Thorn jeta un coup d'œil à son bracelet montre, qui indiquait 9 heures du matin.

— Qu'est-ce que je peux faire jusqu'à ce soir? Avez-vous des suggestions?

Elle sourit faiblement.

— Je peux vous prêter mon panier de pêche.

Il aurait aimé passer la journée avec elle, mais visiblement, elle préférait retourner à sa bande dessinée.

— Pourquoi pas? fit Thorn. Il y a des années que je ne suis pas allé à la pêche. C'est mieux que de tourner en rond dans la maison de ma tante. Ou de vous empêcher de travailler.

Ou de lutter contre son désir fou pour elle.

Elle se dirigea vers la porte de service.

— Je vais vous le chercher.

Il l'accompagna jusqu'au garage. Lorsqu'elle lui tendit la canne à pêche de bambou, il la prit et l'examina d'un air étonné.

— Vous n'avez rien du xxᵉ siècle?

— Désolée, sourit-elle.

— Si j'arrive à attraper des poissons avec cet

instrument préhistorique, accepteriez-vous de les faire cuire et de les partager avec moi?

— Vous vous invitez à dîner?

— C'est gentil d'y avoir pensé.

— Personne ne vous a jamais dit que vous étiez un peu pot de colle?

— Peut-être une fois ou deux.

— Eh bien, ça fera trois.

Le sourire de Thorn s'élargit.

— Alors, vous ferez cuire le poisson?

— A condition d'en attraper.

Il eut une expression chagrinée.

— Vous avez l'air de contester mes talents de pêcheur.

— Vous avez dit vous-même que vous n'êtes pas allé à la pêche depuis des lustres.

Il l'aida à tirer la porte du garage, puis reprit la canne-à-pêche.

— Sinon, je m'arrêtrai chez *Peabody's* et j'achèterai des steaks ou des pizzas.

Rachel le regarda gagner sa BMW qu'il avait garée dans la cour.

— Il n'y a rien à faire, soupira-t-elle. J'ai vécu suffisamment au fin fond de l'Iowa pour savoir que la seule façon d'éviter le cyclone, c'est d'éviter de se trouver sur son passage.

Thorn avait ouvert la portière de la voiture. Il s'appuya sur la carrosserie, dans la lumière verte du matin.

— Suis-je donc un cyclone? murmura-t-il. Allez-vous m'éviter pendant tout le week-end?

— Je pourrais aussi me cacher sous une table, en attendant que l'orage passe.

D'une façon inattendue, il allongea la main et, du bout des doigts, lui effleura la peau douce de son cou.

— Le cyclone souffle pour tous les deux, Rachel. Je ne me sens pas plus à l'abri que vous.

— Thorn, je...

Elle ne put terminer sa phrase, effarée par la chaleur torride qui irradiait dans son sang. Décelant son trouble, Cannon lui prit la tête entre ses mains et, du pouce, il caressa le contour de ses lèvres.

— Dites-moi que vous n'éprouvez aucune attirance pour moi et vous ne me reverrez plus.

Rachel avala péniblement sa salive. « Vas-y, dis-le lui, ma fille, courage, allons ! » Cependant, aucun mot ne put franchir ses lèvres. Pendant un instant, elle crut se noyer dans les profondeurs bleus du regard qui la sondait. Inutile de se débattre. Elle n'arriverait pas à lui mentir.

En se traitant d'idiote, elle manqua de défaillir lorsque la main de Thorn se glissa derrière sa nuque, pour l'attirer plus près de lui.

— Prouvez-moi que vous êtes insensible à mes caresses, et je ne vous importunerai plus.

Comme elle le regardait, pantelante et muette, il baissa la tête et l'embrassa.

La jeune femme se raidit, affolée par les sensations qui naissaient au creux de ses reins. Une longue flamme zigzaga à travers son corps, qui tressaillit. La langue de Thorn força ses lèvres. Le souffle court, elle s'accrocha à son cou.

Ce fut lui qui s'éloigna le premier, rompant la magie du baiser.

Les prunelles sombres de Rachel, comme embuées par la passion, exprimaient un tel désarroi, qu'un flot de tendresse submergea le jeune homme.

Il aurait voulu la protéger et la chérir jusqu'à la fin de ses jours, mais il était trop tôt pour le lui dire.

Afin de la rassurer, il déposa un léger baiser sur sa joue satinée... En quelque sorte, elle lui avait donné une réponse et celle-ci dépassait toutes ses espérances.

— A tout à l'heure, dit-il doucement.

La jeune femme parut émerger d'une profonde rêverie. Dans ses yeux, le désarroi céda le pas à l'étonnement, puis à l'obstination.

— Non... non, commença-t-elle.

Cannon sourit.

— Je vous plais, chérie. Inutile de le nier. Vous avez toute la journée pour vous habituer à cette idée.

3

THORN revint chez Rachel en fin d'après-midi, avec deux steaks dans un sac de boucher. Il commença par ranger le panier de pêche dans le garage, puis se dirigea vers l'arrière de la maison.

Un grincement lui fit tendre l'oreille, alors qu'il se trouvait au beau milieu de la pelouse vert pomme. Le sourcil froncé, il essaya de localiser le bruit. Ça persistait. On aurait dit le pernicieux chuintement d'un vieux rafiot par marée haute. Intrigué, Cannon contourna la maison.

Ça venait du vieux porche en bois, que les dernières lueurs du couchant teintaient d'incarnat.

Il y avait une balançoire de cordes sur laquelle Rachel se balançait lentement, sous les feuilles des érables.

Elle n'avait pas aperçu Thorn, qui put ainsi l'admirer à loisir. La jeune femme avait troqué son ample blouse de travail et son éternel blue jean délavé contre une robe jaune paille en voile de coton, ajustée à la taille par une ceinture de cuir fauve.

Elle portait aux pieds des sandales assorties. Sa

jupe, qui s'envolait à chaque mouvement de la balançoire, découvrait ses jambes minces, hâlées et parfaitement galbées. Une légère brise parfumée de senteurs automnales faisait voltiger ses riches boucles châtaines.

Thorn en resta un moment pétrifié. En ce moment même Rachel lui paraissait encore plus belle et plus désirable que lorqu'il l'avait rencontrée pour la première fois à la cascade.

Ce n'était pas peu dire, car depuis l'image radieuse de la nymphe du Little Sioux River n'avait cessé de le hanter. En deux jours, Rachel avait eclipsé toutes les femmes qui l'avaient précédée dans l'existence de Thorn Cannon.

Le souvenir de leur baiser passionné le fit tressaillir. Ce fut alors qu'elle l'aperçut, mais elle continua à se balancer, avec un sourire qu'elle espérait naturel.

— Diable! s'exclama-t-elle à la vue du sac de boucher. Et moi qui rêvais de poisson frais à l'oseille!

— C'est la faute à la vieille canne de bambou. Aucun poisson n'a voulu mordre à l'hameçon.

— J'aurais dû m'en occuper personnellement. Les poissons du coin sont têtus comme des mules. Pourquoi me regardez-vous comme ça? demanda-t-elle soudain, gênée par l'intensité de son regard. Suis-je responsable de vos malheurs?

— Je n'y pensais plus. Je me disais que vous ressembliez à une des plus belles couvertures de *Vogue*.

Sa voix douce fit rougir Rachel.

— Merci.

— Je me demandais, aussi, pourquoi vous étiez venue vous enterrer dans un trou où la moyenne d'âge des habitants est de soixante ans. Ça n'a pas de sens.

— Pas pour vous, peut-être. Il faut croire qu'il y a un sens pour moi.

Il y eut un long silence tendu, pendant lequel Thorn faillit perdre tout espoir d'abattre un jour le mur qui se dressait entre eux. Rachel avait cessé de se balancer et il alla s'asseoir près d'elle.

— Avez-vous bien travaillé? s'enquit-il.

— Oui. J'en suis épuisée. Je n'ai pourtant rien fait de plus que tenir un crayon. Chaque fois que ça m'arrive, je prends un bon bain chaud, puis je viens ici.

— Je vois.

— Et vous? Que faites-vous après avoir truandé vos patients au nom de la médecine?

— Vous avez une drôle d'idée en ce qui concerne les devoirs médicaux, répliqua-t-il, dans un sourire malicieux. Eh bien, ça dépend de ma journée. Si j'ai eu trop d'urgences, je me mets au lit, dès que je rentre chez moi. Autrement, je fais un peu de gym, ou je vais dîner avec des amis.

Rachel se surprit à se demander si parmi ces « amis » ne figuraient pas quelques jolies demoiselles.

Bon sang! Mais quelle importance? Allait-elle se mettre à être jalouse, maintenant? Il ne manquait que ça.

— Je déteste les restaurants qui font marcher la sono à fond, sous prétexte d'ambiance, poursuivit Cannon. Le disco ne m'emballe pas. Et vous?

— Je ne serais pas venue à Bowersville si j'étais une fan des discothèques.

— Bien sûr. En revenant ici, j'ai redécouvert la qualité du silence. Cela n'existe pas en ville. Je l'avais oublié, car ça va faire un moment que je ne suis pas revenu. Mais pour les jeunes, ce calme doit être ennuyeux.

— Quand j'étais bien plus jeune... voyez-vous ce grand chêne, là-bas?

— Et alors?

— J'avais réussi à hisser une plateforme de planches entre ses branches. En été, le feuillage y est si épais, que personne ne pouvait me voir. Je rêvais d'y construire une petite maison. J'ai passé des journées entières, là-haut, à lire et à dessiner.

— Pourquoi n'avez-vous pas demandé à votre grand-père de vous aider à construire votre maison?

— Je ne lui en avais jamais parlé. C'était ma cachette, un secret que je ne voulais partager avec personne. A l'époque, je pensais que grand-père n'aurait pas compris ce besoin de m'isoler dans l'arbre, alors que j'avais toute la maison à ma disposition. Plus tard, j'ai découvert qu'il aurait été parfaitement capable de le comprendre.

Thorn resta silencieux un moment. Quelle enfance solitaire, songeait-il. Il avait du mal à imaginer la petite Rachel vivant avec le vieux Baskin, qui aurait fait peur à son ombre.

Il lui prit la main avec douceur. Ce simple contact aviva son désir pour elle. Thorn en fut tout étonné.

— Voilà pourquoi je ne vous ai jamais aperçue, lorsque, étudiant, je venais passer les vacances chez ma tante. Vous passiez vos étés dans les branches?

Les doigts de Thorn autour des siens eurent un effet étrangement aphrodisiaque sur Rachel qui retira prudemment sa main, détournant son regard pour cacher son trouble.

— Euh... oui, répondit-elle. Enfant, j'étais une solitaire. J'avais pris du côté de mon grand-père. Aussi bizarre que ça puisse paraître, je préférais ma propre compagnie à celle des filles de mon âge... Pour vous tous, mon grand-père était le vieux Baskin, une espèce d'ours qui vivait dans une maison hantée. Pour moi, il était gentil à sa manière.

— Je comprends, fit-il, pas très convaincu.

— Mais c'est vrai! Il n'était certainement pas le plus mondain des citoyens de Bowersville, mais je l'aimais bien quand même. Ce n'est pas facile, vous savez, de se retrouver avec une gamine dont les parents sont morts dans un accident de voiture.

— Vous avez beau me dire, ça n'a pas dû être facile pour vous non plus. Quant à moi...

— Eh bien? Avouez donc, Cannon.

— Il m'est arrivé de le bousculer, sans le faire exprès, un jour chez *Peabody's*. Qu'est-ce que j'ai pris!

Les commissures des lèvres de Rachel se soulevèrent.

– Je suis sûre que vous l'aviez mérité.

Il prit un air offensé.

– Pensez-vous. Lorsque j'ai voulu m'excuser, votre grand-père m'a presque arraché une oreille.

Rachel imaginait parfaitement la panique de Thorn. La sienne avait été identique lorsque, pour la première fois, elle avait vu Baskin.

– Votre tante est une des rares personnes qui ne s'est jamais laissé intimider par ses façons brusques. Elle passait souvent nous dire bonjour et m'apporter ces délicieux gâteaux...

– Les cookies du bonheur, coupa Thorn, en riant. Enrobés de chocolat, avec un visage souriant en sucre sur le dessus.

– Elle les fait toujours.

– Je sais. Elle m'en a envoyé une cargaison à Des Moines.

– Taylor les apprécie également. Il dit souvent que ces gâteaux augmentent singulièrement le charme d'Edith.

– Ah! Je l'avais oublié, celui-là! grommela Cannon, le front rembruni.

Rachel se leva, tendit la main vers le sac.

– Je meurs de faim, pas vous? J'ai envie de préparer le dîner avant le coup de fil d'Edith.

Il se redressa à son tour.

– Je vais vous aider.

Très vite, Thorn prit l'initiative des opérations. Rachel n'eut qu'à mettre la table et à le regarder.

Avec l'assurance d'un cordon bleu, le jeune homme prépara une salade d'épinards aux lardons, des pommes de terres grillées, pour accompagner les steaks, qu'il assaisonna d'échalottes et d'une sauce marchand de vin.

Il venait juste de mettre les steaks dans la poêle, lorsque la sonnerie du téléphone retentit.

C'était trop tôt pour le rendez-vous téléphonique avec Edith. Se trouvant plus près du combiné, Thorn décrocha. Après quelques secondes de silence, une voix masculine demanda à parler à Rachel Hyatt.

Le jeune homme tendit l'écouteur à l'intéressée et s'en retourna à ses fourneaux. Rachel parlait à voix basse, mais il réussit à capter la fin de la conversation.

— Y a-t-il des dommages?

A la suite de cette question sibylline, la jeune femme promit à son correspondant de le voir lundi, après l'école, après quoi elle griffonna quelque chose sur un bloc-notes.

Thorn tourna les steaks.

— Des problèmes.

Elle referma le bloc-notes.

— Non, ce n'est rien. Hum... j'ai hâte de goûter ce délicieux repas.

— Dans une minute. Qui verrez-vous lundi?

Rachel pensait depuis toujours que la meilleure défense était l'attaque. Forte de cette conviction, elle lança :

— Qu'est-ce que ça peut vous faire? Vous serez à Des Moines.

42

Thorn croisa ses bras sur sa large poitrine.

— J'ai un autre défaut, en plus de mon côté autoritaire, avertit-il. Je suis extrêmement têtu. Mieux vaut me dire tout de suite ce que je veux savoir.

— Ce n'est pas très important.

— Raison de plus pour ne rien me cacher.

Elle esquissa un geste résigné.

— Je vous promets de tout vous dire. Mais retirez d'abord ces steaks du feu, avant qu'ils soient transformés en semelles.

Il s'exécuta, puis versa dans le plat la sauce brune.

— Madame est servie!

Un petit sourire étira les lèvres de Rachel. Elle trouvait drôle qu'un homme fasse la cuisine pour elle. Thorn disposa les pommes de terre dans un plat à part, puis revint à la charge.

— Alors? Qui allez-vous voir lundi?

Têtu, en effet!

— Eh bien, voilà, se lança-t-elle. Il n'y a pas de commissariat de police à Bowersville, vous le savez. Le maire est qualifié pour traiter certaines infractions mais, actuellement, il se remet d'une crise cardiaque. En tant que juge de paix, je suis parfois appelée à résoudre des cas de violation de la loi.

— Vous avez rendez-vous avec un repris de justice?

— Seulement un jeune fermier, Tony Thompson, accusé d'excès de vitesse par ses voisins.

— Ce gibier de potence est mineur? Parce que vous avez dit « après l'école ».

– C'est exact. Dites, vous êtes médecin ou flic?

– Observateur, seulement. Qu'allez-vous dire à ce garçon lorsque vous le verrez?

– Ça dépendra de son attitude... mais vous ne mangez pas.

Il avait faim, mais pas de nourriture. Cependant, il porta une bouchée à ses lèvres.

– Vous disiez tout à l'heure que vous passiez les étés avec votre grand-père. Où viviez-vous le reste de l'année?

– Dans un pensionnat, dans l'est, répliqua-t-elle sèchement.

Une vraie solitaire. Pas d'amis, pas de famille, un vieil ours en guise de grand-père. Rien d'étonnant à ce qu'elle soit aussi indépendante.

Thorn plissa les yeux. Sans doute, allait-il trop vite, mais la curiosité l'emportait sur la sagesse.

– Et pendant les fêtes? et votre anniversaire? Passiez-vous Noël avec votre grand-père?

– Non.

Encore une réponse laconique. Sèche. Arrête-toi, mon gars, tu vas trop loin. Mais Thorn ne pouvait plus s'arrêter.

– Non? Comment le père Noël vous trouvait-il, alors?

Elle eut un petit sourire.

– Il m'envoyait un chèque. Un mandat plutôt, car mon grand-père n'avait pas confiance dans les banques.

– Et vous restiez au pensionnat, pendant les fêtes?

– La plupart du temps. Parfois, une amie

44

m'emmenait dans sa famille. J'avais alors la sensation de débarquer sur une autre planète..., une planète pleine de bruits. Une de mes amies avait six frères et sœurs. C'est là que j'ai appris à fermer la porte de la salle de bains à clé.

– Et à faire les quatre cents coups?

Le sourire de Rachel s'élargit.

– C'était vraiment différent.

Thorn la considéra un long moment. Il commençait à comprendre. A percer le brouillard. Le mur érigé entre eux était fait de souvenirs douloureux. Une petite fille marquée par la solitude, une sauvageonne avec, pour seul ami, le vieux Baskin...

Il était sur le point de lui demander pourquoi avait-elle choisi de vivre seule à Bowersville, quand la sonnette de la porte d'entrée tinta.

Rachel eut un sursaut, puis s'en fut ouvrir et revint un instant plus tard, avec un homme qui pouvait avoir entre soixante-dix et cent ans. Il portait un panier rempli de pop-corn.

– Thorn, vous souvenez-vous du voisin de votre tante?

Le vieux posa son panier et tendit à Cannon une main calleuse, que celui-ci s'empressa de serrer.

– Quel plaisir de vous revoir, monsieur Grundy.

Ça fait une paye que je ne vous ai vu, jeune homme. Depuis que vous m'avez cassé ma vitre, je crois bien.

Cannon sourit.

– Monsieur Grundy, je n'avais alors que douze

ans et j'ai payé ma dette en tondant votre pelouse gratuitement. Euh... je vous ai appelé avant-hier à propos de ma tante, acheva-t-il, en changeant de sujet de conversation.

— Mais je m'en souviens très bien, mon garçon. Et je vous ai dit qu'Edith était en voyage de noce quelque part dans les tropiques. Alors...

Thorn capta du coin de l'œil l'expression amusée de Rachel. De toute évidence, le vieux Grundy ne voyait pas pourquoi le neveu d'Edith s'était déplacé, puisque celle-ci n'était pas chez elle.

Le vieux indiqua le panier, en toussotant.

— C'est pour vous, fiston. Vous aimez le popcorn, pas vrai?

— Oui, monsieur Grundy.

— Edith me l'a souvent dit. Je vous ai cherché et c'est Myrtle Simpson qui m'a dit où vous étiez. Vous vous souvenez de Myrtle, n'est-ce pas?

La voisine d'Edith était unes des plus mauvaises langues de la région.

— Oh, très bien, marmonna Cannon, les yeux fixés sur le panier.

Il y avait de quoi nourrir une famille nombreuse pendant un an.

— Merci, monsieur Grundy. Vraiment, je ne sais quoi dire.

— Ne dites rien, fiston. Allez, bonne soirée, Rachel.

La jeune femme le raccompagna. Lorsqu'elle revint, Thorn contemplait toujours les grains de maïs soufflés.

— M. Grundy est extrêmement fier de son pop-

46

corn, dit-elle. Selon lui, c'est le meilleur de Bowersville et de ses environs.

Thorn leva le regard sur elle.

— Le fait que je sois ici vous pose-t-il des problèmes? Apparemment, la ville entière est au courant de mes faits et gestes.

Ces agapes lui coûteraient cher, songea-t-elle, mais pas dans le sens où l'entendait Cannon.

— Les habitants de Bowersville ne sont pas méchants, affirma-t-elle. Simplement, ils sont observateurs.

— Et se mêlent de ce qui ne les regarde pas.

Rachel eut un rire léger.

— Lorsqu'ils pensent qu'il est de leur devoir de s'en mêler.

— Oui? Si j'ai bien compris, votre réputation est gravement compromise. Vos concitoyens doivent nous croire ensemble.

— Je ne suis avec personne. Du reste peu importe. Thorn, calmez-vous. Nous sommes en train simplement de partager un repas.

— C'est tout?

Elle avala sa salive.

— Bien sûr. Qu'y a-t-il d'autre?

Le jeune homme se dit que le moment était venu de lui prouver le contraire. Il la saisit dans ses bras et l'attira lentement, irrésistiblement, vers lui. Rachel fit mine de résister, mais il ne desserra pas son étreinte.

Lorsque la bouche de Thorn s'écrasa contre la sienne, elle émit un petit gémissement, presque inaudible, qui acheva d'emballer le cœur de son compagnon.

Cependant, elle essaya de le repousser, de plus en plus faiblement. Enfin, elle se rendit à l'inévitable, la tête renversée, les yeux clos, les lèvres entrouvertes, l'invitant à un baiser plus profond.

Leurs langues se touchèrent et une délicieuse secousse les fit tressaillir à l'unisson. Les doigts de Rachel se nouèrent autour de la nuque de Thorn, son corps souple et tiède se colla au sien.

Tandis que le baiser se prolongeait, ils furent transpercés par une même flamme, consumés par une même fièvre.

Haletant, Thorn mordilla les lèvres douces qui s'offraient à lui. Le feu du désir le ravageait, mais la voix de la raison s'interposait.

S'il n'arrêtait pas ce petit jeu-là immédiatement, il ne pourrait plus se contrôler. Ce n'était sûrement pas le moment de faire preuve d'impatience. Ni de profiter d'un instant de faiblesse, car Rachel ne le lui pardonnerait jamais, il le devinait.

Il fit un effort surhumain pour s'arracher à cette bouche si tendre et enfouit son visage empourpré dans le cou satiné de Rachel.

— Nous sommes faits l'un pour l'autre, chuchota-t-il, tout contre le pouls qui battait follement. Je me le suis demandé sitôt que je vous ai aperçue dans la rivière. A présent, j'en suis sûr.

— Où voulez-vous en venir? interrogea-t-elle, aussi dignement que les circonstances lui permettaient.

— Vous verrez bien. Mais j'ai bon espoir.

— Après tout, peu importe. Demain vous retrouverez vos patients et je retournerai à mes croquis. Ni vu ni connu.

— Ne soyez pas si pessimiste.

— C'est pourtant la vérité.

Il lui caressa la joue.

— Voulez-vous un peu de pop-corn, jusqu'à ce que ma tante appelle?

Les yeux sombres de Rachel s'embuèrent. S'il lui laissait l'initiative du prochain pas, il pouvait courir!

La jeune femme s'éloigna, drapée dans sa dignité et pour se donner une contenance, elle s'appliqua à débarrasser la table.

Le silence que Thorn observait la renforçait dans ses convictions. Demain, il repartirait à Des Moines et elle n'aurait plus qu'à enterrer l'affaire.

Une fourchette lui échappa et elle cassa un verre.

— Rachel, dit-il au bout d'un moment. Préférez-vous que je m'en aille?

— Vous ne voulez plus attendre le coup de fil de votre tante?

— Si, mais j'ai l'impression de m'imposer. Est-ce ma présence qui vous met si mal à l'aise?

— Ce sont plutôt mes réactions à votre contact, répondit-elle, avec une franchise surprenante.

— Si ça peut vous consoler, mois aussi je me sens tout déboussolé.

— N'en parlons plus, soupira-t-elle, d'un ton qui se voulait léger. Demain tout rentrera dans l'ordre.

Elle lui tourna le dos, se mit à faire la vaisselle,

les mains tremblantes. Thorn finit de débarrasser les restes du repas. Lorsque la vaisselle fut essuyée et rangée, ils grignotèrent du pop-corn en silence.

L'heure du rendez-vous téléphonique était largement passée. L'appareil restait muet. Rachel fit du café bien fort, tandis que, tel un fauve en cage, Thorn arpentait le carrelage de la cuisine.

Vers 21 heures, Rachel commença à s'inquiéter, elle aussi.

– Je ne comprends pas, maugréa Thorn. Tante Edith est pourtant très ponctuelle.

– Peut-être s'est-elle mélangée avec la différence d'heure entre Hawaï et ici, objecta-t-elle mollement.

– Avec un type qui a passé sa vie à faire des calculs? Ne vous a-t-elle pas laissé, par hasard, le nom de l'hôtel où ils allaient descendre.

– Oui, je crois...

Quelle idiote! Elle aurait dû y penser, déjà. Rachel fonça sur son bloc-notes, qu'elle feuilleta fébrilement.

– Le voilà. C'est l'*Outrigger East*. Je n'ai pas le téléphone, mais je vais le demander aux renseignements.

Il ne fallut pas longtemps pour obtenir le numéro.

Puis, tout se déroula très vite. Non seulement M. et Mme Taylor Mead n'étaient pas dans cet hôtel, mais ils n'y avaient jamais reservé une chambre.

— Passez-moi le téléphone! glapit Thorn.

Pendant l'heure qui suivit, il appela plusieurs hôtels à Waikiki, le commissariat central, les hôpitaux et l'aéroport.

— Bon sang! Bon sang!

Il flanqua l'appareil sur le combiné, le visage blême.

— Qu'est-ce qui a pu se passer? Où peut-elle bien être? Elle n'a tout de même pas disparu de la surface de la terre.

Rachel lui toucha l'avant-bras.

— Thorn, ne vous mettez pas dans cet état. Edith est parfaitement capable de prendre soin d'elle-même.

— Ah oui? Et son nouveau mari? De quoi est-il capable, celui-là?

— Calmez-vous, je vous en prie. Sans doute ont-ils décidé d'aller dans une autre île. Ça expliquerait tout.

— Sauf le lapin qu'elle vous a posé ce soir. Quand tante Edith dit qu'elle va appeler, elle appelle. Pourquoi ne l'a-t-elle pas fait?

— Elle a dû oublier... il n'y avait pas de ligne... ou que sais-je encore?

Livide, les cheveux ébouriffés, Thorn lui fit face.

— Et que sais-je encore... répéta-t-il d'un ton lugubre. Tout est là, justement. Que sais-je encore!

Il bondit sur le télépone, sous le regard abasourdi de Rachel.

— Qui appelez-vous, maintenant? La Maison-Blanche?

– Très drôle. Je vais essayer d'attraper le prochain vol pour Havaï.

Rachel lui prit l'écouteur et raccroccha. Il se tourna vers elle, les yeux ronds.

– Pourquoi diable avez-vous fait ça?

– Pour vous empêcher de commettre une bêtise et de vous rendre ridicule.

Après un silence consterné, il se redressa, avec l'air de Cassandre sur les ruines de Troie.

– Mieux vaut être ridicule qu'inconscient. Quant à la bêtise à laquelle vous avez fait allusion, vous en avez commis une belle, en mariant une vieille dame de soixante-douze ans à un type qu'elle ne connaissait que depuis une semaine ou deux.

– Thorn, essayez de vous calmer. Je n'ai pas forcé Edith à se marier.

– Vous auriez dû la mettre en garde.

– Contre quoi, Thorn? Elle avait assez de vivre seule. Si vous l'aviez vue, vous ne seriez pas inquiet.

– Si je l'avais vue, elle serait toujours là!

Rachel mit les mains sur ses hanches.

– Ça suffit maintenant, Thorn Cannon! De quoi avez-vous peur au juste? Qu'il soit arrivé malheur à Edith ou que Taylor Mead dépense tous ses millions?

Elle regretta aussitôt les paroles qu'elle venait de prononcer mais c'était trop tard.

Thorn serra les lèvres, blanc de colère.

– Oh, Thorn... murmura-t-elle, je... je ne voulais pas...

Elle le vit fourrer ses poings dans ses poches, faire demi-tour en grommelant quelque chose d'inintelligible.

Rachel resta pétrifiée, tandis que le pas rigide de Cannon s'éloignait. Elle l'avait blessé prondément, jamais il ne lui pardonnerait, c'était donc inutile d'essayer de le retenir.

La porte de l'entrée claqua, retentissant à travers les pièces vides.

Rachel s'appuya à l'évier.

Elle avait pourtant cru bien faire.

4

Rachel n'aurait jamais pensé qu'elle se retrouverait devant la porte d'Edith Warwick un dimanche à sept heures du matin, sous une pluie battante.

Naturellement, elle n'avait pas pris de parapluie et l'ondée l'avait surprise sur le chemin. Trempée des pieds à la tête, elle frappa une fois de plus contre le battant. Ce n'était pas vraiment une journée qui commençait bien.

De plus, Thorn Cannon ne serait sans doute guère ravie de la revoir, compte tenu de la façon dont il était parti de chez elle la veille au soir.

La BMW grise était garée devant le portail, mais vu l'heure matinale, Thorn devait se trouver encore au lit. Rachel souleva pour la énième fois le heurtoir et le laissa retomber sur le bois.

Au bout d'un moment qui lui parut une éternité, le déclic du loquet se fit entendre et la porte roula sur ses gonds en grinçant.

Thorn apparut sur le seuil. Une barbe naissante bleuissait ses joues et il portait un pantalon sans chemise. Son torse musclé s'ombrait de poils bruns.

Il commença par jeter un regard accusateur et froid à sa visiteuse, après quoi il demanda :

— Auriez-vous oublié de me jeter quelque chose à la tête, hier soir?

— J'ai eu des nouvelles de votre tante.

Il continuait de la fixer, sans broncher.

— Vous ne l'avez peut-être pas remarqué, reprit-elle, mais il pleut des cordes.

Le regard bleu se leva vers le ciel nébuleux.

— Tant mieux. Les cultivateurs seront contents.

— Peut-être, mais pas moi. Je suis trempée jusqu'aux os.

Le regard bleu revint vers son visage ruisselant.

— En effet.

Il mériterait qu'elle le plante là ou qu'elle l'envoie au diable. Rachel avait déjà rencontré quelques têtes de mules dans sa vie, mais cet individu méritait les palmes des obstinés.

La jeune femme renifla et abattit sa dernière carte.

— J'ai apporté du café.

Immédiatement, il baissa le regard sur le thermos d'un air assez intéressé. Visiblement, certaines choses pratiques l'emportent sur l'amour-propre... Thorn s'effaça pour laisser passer Rachel, qui se dirigea vers la grande cuisine rustique.

Cannon ne l'avait pas suivie. Rachel se débarrassa de sa jaquette mouillée, s'essora les cheveux à l'aide d'une serviette et servit deux tasses de café.

Un pas résonna dans le couloir, puis Thorn pénétra dans la cuisine. Il avait mis des chaussures et enfilé une chemise à carreaux dont il finissait d'agrafer les boutons.

– Alors? Que me vaut cet assaut matinal?

– Si vous ne voulez pas de café, je n'en serai pas vexée.

– Bah... si, pourquoi pas... marmonna-t-il.

Il saisit la tasse, en but une gorgée. Face à lui, Rachel le dévisageait. Elle ne semblait pas de très bonne humeur, remarqua-t-il. Peut-être avait-il trop tiré sur la corde.

– Edith va bien, déclara-t-elle.

– Comment le savez-vous?

– J'ai reçu un coup de fil à trois heures du matin. Votre tante s'est excusée, mais elle n'avait pas pu m'appeler plus tôt. Elle et son mari avaient été trop occupés.

– A quoi?

Rachel se laissa tomber sur une chaise et prit une petite gorgée de café fumant.

– Voulez-vous vraiment le savoir? Parce que ce fut exactement ce que je lui ai demandé.

Il s'appuya sur la table, l'œil courroucé.

– Qu'attendez-vous pour me le dire?

– Que vous soyez assis.

– Voilà, fit-il en s'exécutant. Je vous écoute.

– Edith et Taylor ont visité un tas d'îles et sont tombés amoureux de Maui. Bref, ils y ont acheté une maison et pensent s'installer là-bas.

L'expression de Thorn trahissait un mélange d'incrédulité et de choc.

Rachel grimaça un sourire.

— Ce n'est pas tout.

— Je ne suis pas sûr que je veux connaître la suite.

— Vous n'avez pourtant pas le choix. Ils ne comptent pas revenir à Bowersville. Edith m'a dicté une liste d'objets qu'elle voudrait que je lui expédie : des vêtements, des bibelots, quelques meubles, ses affaires personnelles et, naturellement, les photographies de son neveu bien aimé.

— C'est vraiment touchant, dit Thorn d'un ton chagriné.

— Ensuite, elle m'a prié de vous contacter pour vous faire part de sa décision. Lorsque je lui ai dit que vous étiez à Bowersville, elle a eu l'air très contente et a dit que « les choses allaient plus vite qu'elle ne l'avait pensé ».

— Oui ?

Rachel extirpa un bout de papier froissé de la poche de son blue-jean.

— Voici un numéro de téléphone où vous pouvez la joindre.

Il y jeta un vague coup d'œil et se renversa sur sa chaise, le front plissé.

— Tatie perd les pédales. Il n'y a pas d'autre explication.

Rachel pensait tout le contraire. La vie devait être plus plaisante à Hawaï, dans une île paradisiaque, qu'à Bowersville. Cependant, elle sentit que ce n'était pas le moment de le dire.

— Que comptez-vous faire de la maison d'ici? demanda-t-elle.

— Rien. Ma tante reviendra.

— Ça m'étonnerait. Elle m'a également priée de contacter son banquier à Algona, afin de transférer la maison à votre nom.

— Je n'arrive pas à y croire, dit Thorn, après un silence.

— Il le faut bien.

— Elle ne restera pas à Hawaï.

— Et si elle y reste?

— En ce cas, je vendrai la maison.

Rachel fit une moue.

— Ah! Facile à dire.

— Pourquoi? Il n'y a qu'à mettre une agence immobilière dans le coup.

— Il n'y en a pas à Bowersville.

— Il y en a sûrement une à Algona... non? fit-il la voyant se renfrogner.

— J'ai mis en vente la propriété de mon grand-père et, depuis un an, personne ne s'est présenté. Vous savez, ceux qui aspirent à se retirer à Bowersville ne sont pas foule.

Thorn garda le silence. Petit garçon, il avait passé des heures à explorer les environs de la demeure. Il avait rebaptisé les bois alentour « Forêt de Sherwood » et y livrait des batailles sanglantes avec ses copains.

Il repoussa sa chaise nerveusement.

— On verra... Pour l'instant, rien ne presse. Et puis, en fait, je ne me vois pas la vendre, cette baraque. Comme je ne peux pas imaginer que tante Edith puisse vivre ailleurs qu'ici.

Rachel se leva.

— Après tout, c'est à vous de décider.

— Où allez-vous?

— Je rentre chez moi.

— Pourquoi?

Elle serra le thermos dans ses bras, avec une force inutile.

— Eh bien, je vous ai dit que tout ce que je savais sur Edith, alors...

— Alors? Ma tante n'est pas le seul sujet de conversation, que je sache.

— Non, il y a aussi le temps.

Il lui prit le bras et l'entraîna dans le ...

— Vous rendez-vous compte? Nous sommes restés tout le temps dans la cuisine. J'aime changer de décor.

Elle le suivit, sur ses gardes. S'il osait l'emmener dans la chambre... Il s'arrêta dans le salon, lui indiqua le canapé, après avoir déposé le thermos sur la table basse.

— Installez-vous là.

Lui-même opta pour un fauteuil joufflu sur lequel il se posa avec prudence, à cause d'un ressort cassé. Les ressorts du canapé étaient dans le même état et il remarqua que Rachel y faisait attention, également.

Il sourit.

— Le canapé, c'est mon œuvre et je m'en excuse. Je sautais dessus quand j'étais petit.

— Et vous avez cassé un vase ancien et votre poignet en tombant. C'est Edith qui me l'a raconté. Il semble que vous ayez continué à martyriser ce meuble innocent, dès votre retour d'Algona où l'on vous a mis un plâtre.

– C'est exact, acquiesça-t-il.

Il croisa les jambes, songeur, mû par un besoin de raconter sa vie.

– Mon père était un vrai médecin de famille qui faisait tout, du genou écorché à la crise cardiaque, en passant par les accouchements en urgence.

– Et vous n'avez pas voulu suivre son exemple.

– Vous savez, ça aussi? Est-ce que ma tante vous a également mis au courant de ma spécialité en médecine sportive?

– Oui, en revenant de Des Moines, le printemps dernier, après vous avoir rendu visite. Tous ces hommes en bandelettes dans votre salle d'attente l'avaient beaucoup impressionnée.

– Je soigne également des femmes et des enfants. Croyez-moi, après un match de hockey sur glace entre deux collèges, il y a de quoi faire.

– Pourquoi avez-vous choisi cette branche?

– L'amour du sport. Je ne me suis pas posé la question. C'est venu tout naturellement. Je crois que j'en avais assez de voir mon père travailler jour et nuit... j'ignorais que je serais obligé de faire la même chose.

– Edith m'a dit que vous êtes fils unique.

– Ma mère est morte quand j'étais petit et mon père ne s'est jamais remarié. Il m'envoyait chez tante Edith tous les étés, afin que je subisse, disait-il, l'influence d'une femme. Mais pourquoi me posez-vous toutes ces questions?

– Vous disiez que nous pourrions parler d'autre chose que de votre tante. Alors, vous vous êtes mis à parler de vous.

Il la regarda, surpris.

– Vous me trouvez égoïste? Et si nous parlions de nous?

Rachel se mit à rire en secouant la tête. Thorn en profita pour se glisser près d'elle, sur le vieux canapé qui gémit.

– Non, Thorn...

La jeune femme cessa de rire. Il lut la passion dans ses grands yeux sombres et tous ses sens furent embrasés. Il la prit dans ses bras et écrasa sa bouche contre la sienne.

Cannon n'avait jamais éprouvé un tel désir, proche du désespoir. Apparemment, Rachel éprouvait le même genre de sensation, car une minuscule larme miroita entre ses cils.

Bouleversé, il lui prit le visage dans ses mains et la dévisagea longuement.

– Ce n'est pas suffisant, murmura-t-il.

Les lèvres de la jeune femme remuèrent, comme si elle avait du mal à articuler les mots.

– Non C'est trop, parvint-elle à dire.

– Rachel, je n'ai jamais rien senti de pareil. Quelque chose d'aussi puissant, d'aussi insensé.

Elle le repoussa doucement.

– Non, Thorn. C'est impossible.

Il se redressa en même temps qu'elle et la retint par le bras, l'obligeant à lui faire face.

– Chérie, ne me dites pas que vous n'avez aucun sentiment à mon égard. Je ne vous croirai pas.

Un éclair soudain de colère passa dans les prunelles sombres de Rachel.

– Mais, enfin, Thorn, que voulez-vous? Votre orgueil a-t-il besoin de m'entendre dire que vous m'attirez physiquement? Eh bien, c'est fait, je le suis. Seulement, je n'ai pas l'habitude de coucher avec des hommes que je ne connais que depuis deux jours. Je n'ai pas l'intention de vivre une aventure de week-end et me faire jeter, aussitôt que vous retournerez à Des Moines. Si vous, vous ne me respectez pas, moi j'ai du respect pour ma petite personne!

La main de Cannon, qui s'avançait vers elle, retomba. Rachel avait raison, mais il ne pouvait pas s'empêcher de la désirer, de vouloir la toucher chaque fois qu'il se trouvait en sa présence. Rien ne pourrait le guérir de ça, il en était persuadé. Mieux valait l'admettre une fois pour toutes. Il mourait d'envie de soumettre cette femme à son désir, de l'entendre crier son nom, de la conduire sauvagement vers l'extase.

Cependant, il ne dit rien, ne fit aucun geste pour la retenir, lorsque Rachel quitta la maison.

Il fallait qu'elle revienne vers lui de son propre gré. Ici ou à Des Moines.

Thorn était prêt à l'attendre toute sa vie.

En fait, cela prit beaucoup moins de temps car, à peine une heure plus tard, la jeune femme tambourinait de nouveau à sa porte.

Cette fois-ci, le battant s'ouvrit presque aussitôt.

— Quoi encore? grommela Cannon, au fond très satisfait, vous vouliez vous assurer que j'ai bien débarrassé le plancher?

Elle secoua vigoureusement la tête.

— Il y a eu un accident au *Ruby's Café*. Un retour de flamme a brûlé le cuisinier, qui a laissé tomber une poêle à frire... Mme Lindstrom, en se portant à son secours, a glissé dans l'huile et s'est fait mal au dos.

Thorn ne perdit pas de temps à poser des questions.

— J'arrive! Le temps de chercher ma trousse et je vous rejoins là-bas.

Rachel retourna à sa Porsche qu'elle fit démarrer comme un bolide.

Une foule de badauds s'agglutinait devant la porte aux vitres enfumées du bistrot. Il y en avait autant à l'intérieur. Et quant aux cuisines, elles évoquaient le décor d'un drame shakespearien.

Jacob, le cuisinier, assis à même le sol, hagard, entouré d'un petit groupe de vieillards, portait une bouillote remplie de glace sur la tête.

Étalée à l'endroit même où elle avait glissé, l'héroïque Mme Lindstrom soupirait à fendre l'âme, tandis que son époux se penchait au-dessus d'elle, de l'air halluciné d'un Macbeth apprenant la fin tragique de sa lady.

— Ne la bougez surtout pas, monsieur Lindstrom. Le Dr Cannon arrive tout de suite, cria Rachel.

Puis, se tournant vers une petite vieille qui s'apprêtait à appliquer une couche de beurre sur les mains de Jacob :

— N'en faites rien, je vous en prie. Attendons le médecin.

Le brouhaha des voix en provenance de la salle de restaurant s'intensifia, signe que Cannon était dans les lieux.

— Par ici, Thorn.

Le praticien se fraya un passage parmi les badauds et s'agenouilla près de Mme Lindstrom. Tandis qu'il l'examinait et qu'il manipulait doucement ses bras et ses jambes, il lui posa quelques questions.

La patronne du bistrot répondait aux questions avec une voix fêlée. Dans la salle régnait le silence recueilli qui précède l'annonce des grandes catastrophes.

Ayant fini son examen, cependant, Thorn réserva son diagnostique et dit seulement, au désespoir des témoins :

— Ne bougez pas. Restez tranquille. Il faudrait appeler une ambulance pour vous emmener à l'hôpital.

Une lueur effrayée tremblota dans les prunelles de Mme Lindstrom.

— Juste pour une radio, la rassura-t-il, et quelques tests. Rachel, où se trouve l'hôpital le plus proche ?

— A Algona. C'est à quarante-cinq kilomètres.

– Essayez de joindre les urgences, afin qu'ils envoient une ambulance. C'est probablement une fracture de la colonne vertébrale, ajouta-t-il à mi-voix.

– Entendu, dit Rachel.

Tandis qu'elle s'avançait vers le comptoir, en direction du téléphone, Thorn s'occupait du cuisinier.

– Hum... les brûlures ne sont pas graves.

– C'est que l'huile était tout juste chaude, vous comprenez.

Cannon badigeonna les mains de Jacob avec une pommade, avant de les entourer de gazes stériles.

Lorsqu'il eut terminé, il griffonna quelque chose sur une ordonnance.

Rachel mit ses poings sur ses hanches.

– Thorn, il n'y a pas de pharmacie à Bowersville.

Il y eut quelques remous dans l'assistance, après quoi Agnès Towers et Phyllis Johannesson s'offrirent spontanément pour aller chercher la pommade de Jacob à Algona.

Un des hommes se proposa pour ramener le cuisinier chez lui, tandis que deux autres femmes promirent de lui préparer son dîner.

Mme Lindstrom fut ensuite transportée dans une ambulance et son mari l'accompagna.

Les clients du bistrot tapèrent dans le dos de Cannon l'invitant à boire un pot, mais le jeune homme préféra raccompagner Rachel à sa voiture.

La pluie avait cessé et, alors qu'il s'avançait parmi les flaques d'eau brillantes, Thorn fut à nouveau l'objet de démonstrations chaleureuses de la population.

— Ils apprécient ce que vous avez fait, expliqua Rachel. Nous manquons de médecins, ici.

Il la regarda, songeur.

— Il semble, cependant, que les habitants du village soient solidaires les uns des autres.

— En effet. Et rien ne saurait rompre cette chaîne de solidarité. Ils sont vraiment comme les Trois Mousquetaires. Tous pour un et un pour tous. Personne n'a songé à mettre en doute cette façon de vivre.

D'un air soucieux, Thorn lui ouvrit la portière de la Porsche.

Après une brève hésitation, Rachel s'installa au volant, puis tendit sa main à Cannon.

— Je suppose que vous n'allez pas tarder à quitter notre ville. Je voudrais vous dire au revoir, en ajoutant mes remerciements à ceux des autres. J'étais à côté, chez *Peabody's* quand l'accident a eu lieu et j'ai tout de suite pensé à vous.

Il regarda la main qu'elle avançait, sans la serrer.

— Étonnant que vous ayez pensé à moi. Même en tant que médecin.

Rachel détourna la tête pour dissimuler son air peiné. De tout façon, il ne pourrait jamais imaginer combien de fois il avait occupé ses pensées pendant ces deux derniers jours.

La Porsche démarra brutalement sous le regard de Thorn. Il se demandait encore qu'est-ce qui lui avait pris pour parler ainsi à Rachel.

Qu'était-il advenu de son sang-froid habituel? De son éducation? De son calme proverbial? Seul son désir pour Rachel restait intact.

Soudain, une décision s'imposa à Thorn. Il n'allait plus partir.

5

RACHEL errait depuis plus d'une heure dans son atelier. Elle n'avait pas terminé l'esquisse de l'alter ego de Fannie et, de toute façon, elle n'y arriverait pas.

La jeune femme en était à sa troisième tasse de café, lorsque la sonnerie du téléphone la fit sursauter.

« Sonne toujours. » Une conversation téléphonique lui paraissait tout à coup aussi pénible que l'ascension de l'Everest.

Mais la sonnerie se prolongeait, lui vrillant les tempes. Enfin, elle se décida. Ça ne pouvait être que son agent, pour insister à ce point. Elle décrocha d'une main nerveuse.

– Un jour j'aurai ta peau, Henry, dit-elle. La réponse est toujours non.

– Qui est Henry ? fit une voix profonde dans l'écouteur.

– Thorn ? Je vous croyais parti.

– Qui est Henry ?

– Un copain. Pourquoi m'appelez-vous ?

– Pour vous signaler que je vous attends. Et

68

que je n'aime pas attendre. Tout est votre faute. Dépêchez-vous.

Il raccrocha sans lui donner l'occasion de répondre.

Furieuse, Rachel flanqua l'écouteur sur le combiné. Ce type dépassait les bornes! Depuis qu'il avait mis le pied à Bowersville, l'ordre des choses, la bonne vieille routine, s'en étaient trouvés bouleversés.

Et voilà qu'il récidivait. Il mériterait d'être ignoré. Rachel n'oublierait jamais le déchirement qu'elle avait éprouvé lorsqu'elle lui avait dit au revoir, une heure plus tôt, devant le *Ruby's Café*.

En dépit de son chagrin, savoir Thorn loin, bizarrement, la rassurait.

Que lui voulait-il encore? Un lourd soupir lui échappa.

« Courage, fuyons! »

Un nouvel entretien n'arrangerait en rien les choses. Elle eut envie de le laisser en plan. Puis, elle ôta lentement sa blouse de travail et passa un trench-coat.

Toute réflexion faite, elle irait voir Thorn. Parce qu'elle ne pouvait pas agir autrement. Tout simplement.

Un soleil pâlot naviguait sur le firmament, entre des lambeaux de nuages. L'ouest restait chargé de gros cumulus gris anthracite gorgés de pluie. D'ici peu, la bourrasque risquait de déferler sur le village.

« A moins que le vent souffle par l'est », se dit machinalement Rachel.

Depuis qu'elle s'était installée à la campagne, elle avait appris à compter avec les éléments naturels.

Il y avait plusieurs voitures garées devant la maison d'Edith.

Au moment où Rachel poussa le portail, une jeune femme avec un bébé dans ses bras, remontait l'allée.

— Bonjour, Rachel.

— Bonjour, Sarah... mais que se passe-t-il ?

La porte était restée entrouverte et il lui sembla que plusieurs personnes avaient pris d'assaut le vestibule.

— Je vais saluer le docteur Cannon et lui apporter un gâteau au chocolat, déclara Sarah, toute réjouie. C'est épatant d'avoir enfin un médecin à Bowersville.

En un clin d'œil, comme un voile qui se déchire, le mystère se clarifia. Rachel savait, à présent, ce que Thorn avait voulu dire par « tout est votre faute ».

— Mais, Sarah, le Dr Cannon n'a jamais eu le projet de s'installer ici. Il vit à Des Moines et il est venu seulement pour le week-end.

Sarah prit un air consterné.

— Pas possible ! Parce que Galdys Olson m'a dit, pas plus tard que ce matin, que le neveu d'Edith était revenu, qu'il avait sauvé la vie de Mme Lindstrom et guéri les brûlures de Jacob.

— Sarah, je vous assure...

— Je crois que vous êtes mal renseignée, Rachel.

Sapristi! Au train où ça allait, les événements n'allaient pas tarder à la dépasser.

Rachel n'eut pas d'autre choix que de suivre Sarah à l'intérieur, où elles furent accueillies par Gladys Olson en personne et sa sœur Velma. Celle-ci prit le gâteau et le posa sur la table, dans la salle à manger, où s'empilaient déjà des saladiers et des plats, de quoi nourrir une famille de quatre personnes pendant un mois.

D'autres gens se pressaient dans le salon.

— Où est le Dr Cannon? demanda Rachel.

— Dans son bureau, ma chère, répondit Gladys. Il a dit qu'il avait quelques coups de fils à passer.

Une minute plus tard, Rachel se glissait dans la vaste pièce encombrée de meubles anciens et refermait la porte derrière elle.

Thorn était installé sur le vieux fauteuil pivotant d'Edith. A la vue de Rachel, il reposa l'écouteur sur le combiné.

— Enfin, vous voilà! s'exclama-t-il. J'essayais justement de vous joindre de nouveau. Chérie, faites quelque chose. Je suis cerné par des hordes de vieilles dames.

Elle gloussa.

— On dirait que vous avez été attaqué par « les insectes de feu ».

— Sans aller jusque-là...

— Pardonnez-moi, Thorn, mais en vous appelant pour Mme Lindstrom et Jacob, je n'imaginais pas du tout comment les gens réagiraient.

— J'ai appelé l'hôpital d'Algona et parlé au médecin qui la soigne. Elle s'est déchiré quelques

71

muscles dans le dos mais, heureusement, la colonne vertébrale est intacte. Après une ou deux semaines de repos, le *Ruby's Café* retrouvera sa patronne.

Très bien! Il aurait quand même pu lui dire tout cela au téléphone.

— Euh... ce sont de bonnes nouvelles.

Thorn lui prit les bras et l'attira vers lui. Rachel se retrouva sur ses genoux, tandis qu'il faisait basculer la chaise en arrière.

Il la sentit frissonner et resserra son étreinte.

— Qui est Henry? questionna-t-il à voix basse.

— Oh, Thorn, vous êtes vraiment le roi des têtes de mules.

— Qui est Henry?

Bon! C'était inutile de résister. Thorn semblait capable d'une persévérance à toute épreuve.

— Mon agent, lâcha-t-elle.

— Vous avez besoin d'un agent pour vos bandes dessinées?

— Ça aide.

Il la regarda droit dans les yeux.

— Vous n'êtes pas bavarde en ce qui vous concerne, n'est-ce pas? Je ne sais pas si vous avez quelque chose à cacher ou si, simplement, vous êtes une personne secrète. Mais je saurai...

— Mon grand-père n'encourageait pas les conversations, encore moins les confidences. Peut-être est-ce la raison pour laquelle je n'aime pas parler de moi-même. J'ai été élevée dans le silence, avec la certitude que chacun doit garder ses problèmes pour soi... mais, au fait, pourquoi m'avez-vous demandé de venir?

72

Il s'attendait à ce qu'elle change de sujet et il ne s'était pas trompé.

— Vous m'avez l'air d'être experte en psychologie. Que dois-je faire avec tous ces gens dans mon salon?

Elle tressaillit, car les lèvres de Thorn effleurèrent sa pommette tandis que ses mains exécutaient un savant périple le long de son dos.

Sans le vouloir, elle plongea ses doigts dans l'épaisse chevelure brune du jeune homme.

— Pourquoi ne pas leur dire, tout simplement, que vous allez repartir à Des Moines?

— Je ne peux pas faire ça.

— Non? Et pourquoi donc?

— Parce que je reste.

— Ce n'est pas vrai!

— Si! dit-il en riant.

— Mais c'est impossible, Thorn.

— Vraiment?

Ses mains, qui s'étaient momentanément arrêtées sur la taille fine de Rachel, s'aventuraient maintenant vers ses hanches, réveillant dans le corps de la jeune femme une chaleur traîtresse.

— Vous... euh... avez votre cabinet médical à Des Moines, bredouilla-t-elle.

— Et j'ai aussi un associé. Richard. Je l'ai appelé tout à l'heure. Il a accepté de se charger de mes patients pendant quelque temps.

— Combien de temps? fit-elle, d'une voix empreinte d'inquiétude.

Il l'entoura de ses bras et la serra très fort.

— Le temps qu'il faudra, répliqua-t-il, énigmatique.

– Tout ça n'a pas de sens, Thorn.

– Pourquoi chercher un sens à chaque décision que nous prenons ? Disons que l'air de Bowersville m'a fait tourner la tête.

– En ce cas, éloignez-vous de Bowersville et tout rentrera dans l'ordre.

– Non !

– Mais enfin, Cannon, réfléchissez. Vos patients, là-bas, ont besoin de vous.

– Nul n'est irremplaçable.

Rachel secoua vigoureusement ses boucles châtaines où s'allumaient des reflets acajou.

– Au contraire. On peut remplacer une fonction, jamais un individu.

Thorn lui embrassa gentiment le bout du nez.

– Mais vous, Rachel, voulez-vous vraiment que je m'en aille ?

Les grands yeux sombres s'embuèrent.

– Qu'importe ce que je veux ? Ce n'est pas la solution.

Il baissa la tête et murmura tout contre ses lèvres tremblantes :

– Bien sûr que si. La solution se trouve au bout de notre désir, à tous les deux. Et nous voulons la même chose, n'est-ce pas ?

Un baiser ardent les unit, pendant un temps infini. Une longue flamme darda dans leurs deux corps, les consumant d'un désir proche de la douleur.

Rachel entrouvrit les lèvres et lorsque leurs langues s'emmêlèrent, elle eut l'impression que le ciel s'ouvrait et laissait une pluie d'or s'échapper.

Un coup sec contre le lourd battant rompit le charme et une vieille voix féminine, étouffée par l'épaisseur du bois, fit :

— Docteur Cannon ?

Thorn releva la tête, dans un sursaut.

— Euh... Oui ?

— Il y a une dame, ici, qui voudrait vous parler.

— J'arrive, cria-t-il. Puis se tournant vers Rachel : ne vous sauvez pas. J'ai mille choses à vous dire.

— Mais, Thorn...

— J'ai pris un certain nombre de décisions, dont certaines vous concernent. Vous avez le droit de les connaître.

Elle se redressa lentement, les mains jointes. Sans la chaleur de Thorn, elle avait froid tout à coup.

Mme Pcpherson attendait patiemment devant la porte du bureau. Dès que celle-ci s'ouvrit, elle prit Thorn par le bras, puis, voyant Rachel au fond de la pièce, la vieille dame sourit.

— Comment, Rachel, vous n'êtes pas à la cuisine avec nos amies ? Allez-y, mon petit, ainsi le doctcur et vous-même saurez où sont rangés les plats que nous avons apportés.

Rachel ne se sentait pas d'attaque. Elle n'était surtout pas prête d'affronter les braves citoyens de Bowersville. En fait, elle n'avait qu'une seule envie : prendre ses jambes à son cou, mais cela aurait un effet déplorable sur ses rapports avec Thorn. Sans parler de l'opinion publique...

A contrecœur, la jeune femme quitta le bureau

et se dirigea vers la cuisine, où elle fut accueillie chaleureusement. On eut dit qu'on lui attribuait le mérite d'avoir su retenir le médecin.

Bah, le jour où celui-ci repartirait, les vieilles copines de tante Edith seraient forcées de se rendre à l'évidence. Il n'y avait aucune idylle entre le juge de paix et le médecin, en tout cas rien qui puisse durer.

Essayer de leur expliquer la vérité serait peine perdue.

Mais au fait, quelle vérité? songea-t-elle, troublée.

Un magnifique soleil couchant lançait ses dernières lueurs écarlates par-dessus les collines dont les silhouettes se découpaient en sombre sur un pan de ciel embrasé.

Le dernier visiteur de Thorn venait de prendre congé et le téléphone avait enfin cessé de sonner.

« Ouf! enfin seul! »

Thorn put finalement fermer sa porte et pousser le verrou.

– Rachel?

Il passa en revue le bureau, puis le salon, avant de pénétrer dans la cuisine. Quelques assiettes recouvertes de papier aluminium s'alignaient sur la table de formica. Apparemment, il n'y avait plus de place dans le réfrigérateur.

– Rachel?

Pas de réponse. La gorge de Thorn se serra. De sa vie il n'avait rencontré de femme plus énigmatique... plus attachante aussi.

Son regard fiévreux aperçut la porte de la cuisine entrebâillée. Il bondit dehors, capta un mouvement furtif dans l'ombre du porche.

— Rachel?

— Oui.

Sa douce voix lui fit l'effet d'une musique céleste. Rassuré, il avança d'un pas.

— Que faites-vous là?

— Je regarde le crépuscule. J'avais parié avec moi-même que le vent soufflerait de l'est.

— Oui?

— Et que donc le ciel se dégagerait.

— Vous n'avez jamais songé à vous faire embaucher par la météorologie nationale?

— Hum... c'est peut-être une bonne idée.

— Vous allez attraper froid. Vous ne voulez pas manger un morceau? Je n'ai rien avalé de la journée.

Elle continua à contempler le couchant qui s'éteignait lentement dans un halo pourpre.

— Je n'ai pas faim. Commencez sans moi...

Cannon se précipita vers le porche, buta dans un carton de bières vides.

— Qu'est-ce que c'est que ce business? maugréa-t-il.

— Votre tante ne jette jamais rien. C'est un principe chez elle.

— Je comprends...

Il commençait à comprendre, aussi, pourquoi Rachel avait vidé entièrement la maison du vieux Baskin.

— Je connais une bonne société de déménagements en tous genres, dit-elle.

– Pourquoi pensez-vous que j'en aurai besoin?

– Vous m'avez dit que vous avez été amené à prendre un certain nombres de décisions, non? Je suppose que l'une d'elles concerne la vente de la maison. Avant de la vendre, il faudra la débarasser de tout... sauf d'une ou deux babioles qu'Edith voudrait que je lui envoie à Hawaï... sa vieille pendule de l'entrée, son argenterie, enfin... j'ai tout noté. Elle vous laisse tout le reste.

Lorsqu'elle commença à énumérer tous les brocanteurs de la région, Thorn passa à l'action. Dans tous les sens du terme...

Peu après, il l'entraînait doucement vers la cuisine.

– Thorn, je vous assure...

– Patience, Rachel, et vous saurez toutes mes décisions. Justement, je comptais vous en parler.

Dès qu'ils furent à l'intérieur, il ouvrit le frigidaire, sortit deux plats, qu'il plaça dans une boîte en osier, avec des assiettes et des couverts.

– Rachel, il y a une lampe à pétrole sur une étagère de la penderie. Voulez-vous aller la chercher pendant que je prépare tout ça?

La jeune femme ne bougea pas.

– Tout ça quoi?

Il prit deux verres et des serviettes en papier et les mit dans la boîte.

– Vous m'avez montré votre petite maison dans l'arbre. Je voudrais vous montrer la mienne.

– Thorn, je...

Il leva sur elle ses yeux bleu sombre.

– Je sais. Vous n'avez pas faim et vous avez

78

hâte de rentrer chez vous. La politique de l'autruche n'a jamais rien changé, Rachel.

Elle resta un moment debout, immobile, terriblement vulnérable, se dit Cannon.

— Bon, je vais chercher la lampe, murmura-t-elle sans grand enthousiasme.

Une fois de plus, il avait eu gain de cause.

Peu après, ils se dirigeaient à travers l'arrière cour vers l'endroit où la propriété d'Edith Warwick jouxtait la futaie.

Muni de la boîte en osier, Thorn foulait à grandes enjambées l'herbe grasse. Dans la lumière bleu cendre, la lampe à pétrole que Rachel tenait lançait des lueurs grenat.

Thorn fit une halte devant un grand saule pleureur dont le feuillage ruisselait sur le gazon.

— C'est ici, déclara-t-il, en écartant le rideau des feuilles argentées.

Il s'effaça pour laisser passer Rachel, après quoi il étala une couverture par terre et y posa la lampe à pétrole.

— Installez-vous.

Ensuite, il entreprit de disposer les assiettes et les couverts. Le contenu de la boîte semblait inépuisable, car il en sortit même une bouteille de vin rouge de Californie qu'il avait dénichée dans un placard de la cuisine, pendant que Rachel était allée chercher la lampe.

— C'était donc ici votre abri secret? demanda-t-elle.

— Oui. Qu'en pensez-vous?

— Je l'aime bien... Presque autant que ma maison dans le chêne.

– Vous êtes la première personne que j'invite ici.

– J'en suis flattée!

Thorn déboucha la bouteille et en huma le contenu.

– Pas mal, conclut-il, d'un air connaisseur. Et puisque nous parlons de vin, c'est ici que j'ai attrapé ma première gueule de bois... je devais avoir onze ou douze ans et m'étais réfugié sous mon saule, avec une collection de *Play-Boy*.

– Seigneur, quelle décadence!

– En outre, j'avais dérobé à ma tante une de ses bonnes bouteilles dans le cellier.

– Un vrai dépravé, déjà.

– J'en ai vidé la moitié en feuilletant les revues et en croyant que j'étais devenu adulte. Naturellement, je me suis endormi.

– Bien fait!

– Alors, il s'est mis à pleuvoir et tous mes magazines ont été fichus. Et le lendemain, j'ai eu la gueule de bois.

– Je ne vous félicite pas. De surcroît, la perte de ces torchons semble vous chagriner plus que l'alcoolisme précoce dont vous devriez avoir honte.

Il éclata de rire.

– Peut-être, mais *Play-Boy* constituait, à cette époque de ma vie, un élément important de mon éducation sentimentale.

– Je n'en doute pas. Est-ce qu'Edith s'est aperçue que vous lui aviez barboté une bouteille?

– Bien sûr. Et ça l'a beaucoup amusé.

Rachel se mit à glousser.

— En effet, c'est assez drôle.

Thorn versa un peu de vin dans chaque verre et leva le sien en un toast.

— A mon lieu secret, dit-il, qui est devenu le vôtre aussi, à présent.

Rachel fixa le breuvage couleur rubis.

— Je commence à croire que vous avez un cœur romantique, docteur Cannon.

Il servit une cuisse de poulet dans une assiette.

— Et je n'en ai pas honte! clama-t-il. Je suis amateur de clair de lune, de jolies femmes et de musique douce... ce soir je suis gâté, il ne manque que la musique.

— Je pourrais chantonner quelques mesures de *la Vie en rose*, si ça peut ajouter à votre bonheur.

Thorn entoura la cuisse de poulet d'une succulente salade de pommes de terre persillées et de nouilles sautées aux crevettes.

— Préférez-vous la sauce verte ou la sauce orange? demanda-t-il. L'une est à la moutarde et au citron, et l'autre au fromage râpé.

— Pas de sauce, merci... (Ses yeux s'écarquillèrent.) Seigneur, Thorn, je ne pourrai jamais avaler tout ça.

— Essayez quand même. Ces dames ont apporté suffisamment pour nourrir la garde présidentielle... J'espère que vous n'êtes pas de ces créatures éthérées qui sacrifient la bonne chère à leur ligne.

Une nette désapprobation vibrait dans sa voix. Rachel sourit faiblement.

– Non, mais la nourriture ne fait pas partie de mes priorités, c'est tout.

Cannon haussa les sourcils.

– Oui? Quelles sont donc vos priorités?

Rachel haussa les épaules, grignota une feuille de laitue avec une pomme de terre.

– *Fancy Fannie*, déclara-t-elle, d'un ton sérieux. J'ai toujours voulu créer ma propre bande dessinée. Maintenant que c'est fait, il faut relever le défi : continuer, trouver de nouvelles idées.

– D'accord. Mais le travail ne peut pas combler tous vos désirs.

– Je ne travaille pas en ce moment, dit-elle, en souriant malicieusement.

– C'est ma foi vrai. Parlez-moi de vos soirées romantiques, Rachel. Laquelle a été la plus inoubliable?

– Il n'y en a pas eu tellement, Thorn... Enfin, presque pas.

– Vous plaisantez.

– J'ai terminé un collège de filles.

– Et alors? L'école est finie depuis un certain temps, que je sache.

– Mon grand-père était le plus anti-social de la famille. Nous ne recevions pas grand monde.

– Vous avez l'art et la manière de répondre sans rien dévoiler, dit-il en hochant la tête.

– A question idiote, réponse idiote, fit-elle, en riant. Pourquoi ne me demandez-vous pas carrément de vous parler des hommes de ma vie?

– C'est exactement ce que j'ai fait.

– En tournant autour du pot.

– Très bien! Rachel, dites-moi tout des hommes de votre vie. Passés, présents, futurs!

Un souffle de vent tiède froissa le feuillage.

– Je n'ai eu qu'une relation sérieuse, qui n'a pas marché. Voilà pour le passé. Le présent : je suis en train de pique-niquer avec vous. Quant à l'avenir, je ne suis pas extra-lucide.

– Pourquoi cette « relation sérieuse » n'a-t-elle pas marché?

– Thorn, je ne...

– Faut-il que je répète la question?

– Non, non, soupira-t-elle. Disons que je ne supportais pas le fait de renoncer à ma carrière. Est-ce suffisant, monsieur l'Inquisiteur?

– Ça ira... pour le moment.

Un silence s'ensuivit. Thorn prit une gorgée de vin, puis il déclara :

– Vous aviez raison au sujet de ma tante. Elle ne reviendra plus à Bowersville. ·

– Qu'est-ce qui vous a fait changer d'avis?

– Je l'ai appelée au numéro que vous m'aviez laissé. J'ai eu d'abord Taylor Mead au bout du fil. Vous aviez raison, là aussi, c'est un type bien. Ensuite, j'ai parlé à ma tante.

– Eh bien?

– Heu-reu-se! Elle apprend à danser le *hula*.

Rachel avala de travers et se mit à tousser.

– Sacrée Edith!

– Je continue à penser qu'elle fait trop d'excès pour son âge mais après tout ça la regarde. Tatie était positivement ravie de m'avoir au téléphone. Et savez-vous pourquoi, chère Rachel?

Il la regardait intensément, hissé sur un coude. La jeune femme se retint de lui ôter une mèche brune qui s'obstinait à glisser sur son front.

– Pourquoi... pourquoi... chercha-t-elle. Pourquoi pas? Edith vous adore, je vous l'ai dit.

– Oui, je sais, les photos et tout... mais ce n'est pas ça. Pas ça du tout. Mon adorable vieille tante s'est substitué au destin, Rachel. C'est elle qui a arrangé notre rencontre. Et elle espère que nous irons bientôt lui rendre visite, tous les trois.

– Tous les trois?

– Eh oui. Avec le bébé.

Rachel le regarda, bouche bée, puis peu à peu, elle devint écarlate.

– A présent, je sais pourquoi ma tante ne m'a pas invité à son mariage, et j'en suis soulagé.

– Doux Jésus, comment a-t-elle pu...

– Très simplement. Tatie s'envole à Hawaï d'où elle m'expédie une carte postale qui me met sens dessus dessous. Connaissant mon tempérament impétueux, elle sait qu'aussitôt, je débarquerais à Bowersville.

– Pendant qu'elle n'y est pas.

– Non, pendant que *vous* y êtes.

– Vous voulez dire qu'Edith...

– Elle voulait que nous nous rencontrions, oui. Et que nous tombions amoureux l'un de l'autre. Et elle a réussi, cette vieille entremeteuse.

Rachel bondit sur ses jambes, toute tremblante.

– Elle n'a rien réussi du tout. Nous ne sommes pas amoureux. Vous allez retourner à Des Moines et je continuerai à vivre ici. Et tant pis si Edith est déçue.

Thorn se redressa à son tour, le v
yeux fiévreux.

– Elle ne sera pas la seule, murr

– Bon, moi je rentre.

Elle voulut s'élancer dans la nature, mais il lui
attrapa le poignet, la forçant à faire volte-face.

– Rachel, ne soyez pas puérile. Nous sommes
amoureux l'un de l'autre, ne le niez pas.

– Ce n'est pas vrai!

Il l'attira dans ses bras et l'embrassa à pleine
bouche. Ensuite, du dos de la main, il lui effleura
le sein gauche.

– Je sens votre cœur qui bat la chamade, là.

– Non, laissez-moi. Bon, d'accord!

– D'accord, quoi, Rachel?

Son petit menton se mit à trembler, mais elle
réussit à refouler ses larmes.

– Je ne sais plus quoi penser, Thorn. Vous avez
fait irruption dans ma vie comme un ouragan.
J'aurais voulu ne jamais vous connaître. J'ai tellement peur que vous repartiez!

Elle fondit en larmes et se blottit dans ses bras.
Thorn l'embrassa encore et encore, jusqu'à ce
qu'il la sentit tressaillir contre lui. Alors, il la plia
sous lui et la fit s'allonger sur la couverture.

– Ne pleurez pas, ma chérie, implora-t-il.

Fébrilement, ses doigts dégrafèrent son corsage, mettant à jour sa gorge frémissante.

– Vous êtes si belle, Rachel.

– Thorn, les voisins...

– Calmez-vous, mon amour. Le seul voisin, M.
Grundy, a fermé ses volets depuis longtemps.
Personne ne peut nous voir.

— Thorn, pourquoi êtes-vous resté?

Du bout de la langue, il effleura la pointe rose corail d'un sein, qui se dressa.

— Pour mieux vous manger, mon enfant!

Il releva la tête pour la regarder et vit l'expression apeurée de ses grands yeux. Ou était-ce seulement de l'incertitude?

— Rachel, murmura-t-il doucement, avez-vous déjà été avec un homme, avant?

6

– QU'EST-CE que ça peut vous faire? murmura-t-elle en le dévisageant.

– Cette réponse me suffit.

Soudain il s'écarta d'elle et rajusta le corsage recouvrant sa poitrine. S'arrêter de l'embrasser, de la caresser était, lui sembla-t-il, un acte héroïque, mais il le fit, sans prendre garde aux regards suppliants qu'elle lui lançait.

Dans un effort surhumain, il se redressa sur son séant, le front sur ses genoux, respirant profondément l'air mouillé du soir. La passion le brûlait mais il avait décidé de passer outre.

– Laissez-moi une minute et je vous ramène chez vous, dit-il d'une voix enrouée, sans lever la tête.

Rachel restait allongée, le regard perdu dans le dôme feuillu. Un instant plus tôt, elle avait éprouvé l'étrange sensation de sombrer dans un feu liquide. Maintenant, elle se sentait vide, comme anesthésiée.

Au bout d'un moment, elle s'assit et s'appliqua, avec une extrême concentration, comme si sa vie en dépendait, à boutonner son corsage.

Ainsi, au moment même où elle s'était résolue d'appartenir à un homme, celui-ci lui tournait le dos, sans un mot d'explication. Pourquoi? Qu'était-ce? Blessée dans son amour-propre, mortifiée, elle haussa fièrement le menton.

Cela ne devait plus arriver, cela n'arriverait plus, plus jamais!

La jeune femme se redressa et se glissa, sans bruit, à travers le rideau de feuillage.

A travers des nuages arachnéens, une lune brillante éclairait le jardin.

Rachel s'éloigna à pas de loup. Elle n'avait plus qu'une seule idée en tête. Mettre le plus de distance possible entre elle et cet homme.

Depuis plus de deux heures, Thorn était assis sur les marches, devant la maison de Rachel. Il n'était pas complètement seul, car tous les moustiques de la région lui tenaient compagnie.

Il passa une main sur sa nuque douloureuse. Tout ça n'avait plus de sens. Il devrait rentrer chez tante Edith. Mieux encore, sauter dans la BMW et prendre la direction de Des Moines.

Cannon n'avait pas entendu Rachel partir. Ce fut à peine s'il avait décelé le bruit du moteur de la Porsche. Il avait accouru trop tard. La jeune femme s'était volatilisée vers une destination inconnue.

Elle pourrait être n'importe où, revenir n'importe quand. De rage, il heurta sa paume de son poing. Cette sirène-là avait l'art et la manière de s'échapper.

Songeur, Thorn écrasa un moustique sur sa joue. Comble de malheur, les nuages crevèrent, déversant des trombes d'eau sur Bowersville.

Le jeune homme bondit, releva le col de son imperméable, et courut se réfugier sous le porche. Au bout d'un moment, il secoua la tête. Seul un fou pouvait se comporter comme lui. Quelqu'un qui aurait perdu l'esprit. Ou son cœur, ce qui revenait au même.

Thorn était en train de méditer tristement sur les états amoureux, lorsque deux phares blancs trouèrent l'obscurité. L'instant suivant, la Porsche surgit dans la rue étroite et freina brutalement.

Un éclair zébra le ciel et il vit Rachel qui regardait la BMW à travers son pare-brise. Le cœur de Thorn cessa de battre. Pendant une longue minute, il attendit la réaction de la jeune femme mais celle-ci semblait avoir pris racine dans la voiture. Sans doute n'avait-elle pas envie de le voir. Peut-être, aussi, attendait-elle que la pluie s'arrête.

Le tonnerre déchira la nuit.

Tout à coup, à bout de patience, Thorn sortit de son abri et se mit à courir dans la pluie en pataugeant dans la gadoue.

Lorsqu'il arriva devant la Porsche, il était trempé jusqu'aux os. Furieux, il ouvrit brutalement la portière et tira Rachel hors de la voiture.

– Bon sang! Où étiez-vous passée?

Il la vit cligner des yeux.

– A Algona.

– Pour quelle raison?

– Pour poster le supplément hebdomadaire de mes bandes dessinées.

– A cette heure-ci? La poste est fermée.

– J'ai collé les timbres avant de partir. C'est toujours le même poids.

– Ça prends moins de deux heures un aller-retour à Algona.

– Au retour, je me suis arrêtée chez les Thompson pour parler à Tony.

– Qui est celui-là, encore?

– Le jeune délinquant que je devais rencontrer demain.

Thorn enfonça les doigts dans la chair souple de ses bras, la soulevant de terre.

– Ne faites plus jamais ça. Plus jamais, jamais! hurla-t-il, avant d'écraser sa bouche contre celle de Rachel.

Les éléments déchaînés ressemblaient à une petite musique de nuit, auprès de l'ouragan qui les ravagea, aussitôt que leurs lèvres furent jointes.

Quelque part la foudre tomba dans un fracas apocalyptique. Thorn releva la tête, prenant soudain conscience de la pluie ruisselante qui mouillait leurs vêtements.

Du bout des doigts, il balaya une mèche de cheveux sur la joue de Rachel.

– Bon sang! jura-t-il. J'étais inquiet pour vous.

Elle dénoua ses bras qu'elle avait passés autour du cou de Thorn, sans même s'en apercevoir.

— Je vais bien.

— Pourquoi êtes-vous partie? accusa-t-il.

— Parce que vous m'avez tourné le dos. Visiblement, vous aviez besoin d'une compagne expérimentée et je ne le suis pas.

Ce disant, elle voulut s'éloigner, mais il l'attira dans ses bras.

— Rachel, j'avais simplement besoin d'un moment de répit. Il me fallait contrôler mon désir pour vous. Ce n'était pas facile, mais je suis convaincu d'avoir agi honnêtement. Votre première étreinte amoureuse doit être inoubliable... et ne peut pas se passer sous un arbre, comprenez-vous?

— Pourquoi? Ç'aurait été inoubliable quand-même.

La pluie redoubla de force et, à la clarté des éclairs, on pouvait voir les arbres secoués par le vent. Thorn prit la main de Rachel et l'entraîna vers la maison.

— Rentrons, sinon nous allons attraper une pneumonie. Avez-vous votre clé?

— La porte n'est pas fermée.

— Si j'avais su, je n'aurais pas attendu sur ce satané perron, assailli par des nuées de moustiques... Vous ne fermez jamais vos portes?

— Non. Il n'y a rien à voler, au cas où vous ne l'auriez pas remarqué.

— Rachel, rendez-vous à l'évidence. Vous

vivez seule et votre matériel de peinture est tout de même coûteux.

— Bowersville n'est pas une capitale du crime, répondit-elle.

Elle poussa la porte et Thorn la suivit à l'intérieur.

— Vous savez, je m'inquiète davantage pour vous que pour vos possessions. Ça vous étonne ?

— Plutôt. Je n'ai pas l'habitude que l'on s'inquiète pour moi.

Sur ces mots, elle actionna plusieurs fois l'interrupteur, sans résultat.

— Zut ! Les plombs ont dû sauter à cause de la tempête.

— J'ai une lampe-torche dans ma voiture.

— Pas la peine de ressortir dans la pluie. Il y a des bougies dans la cuisine... Thorn, vous devriez rentrer chez vous, ajouta-t-elle après une pause. Je me débrouillerai très bien seule. Ce n'est pas la première fois que l'électricité tombe en panne.

L'obscurité masquait les traits de la jeune femme et le timbre de sa voix ne trahissait aucune sorte de sentiment.

— Je ne partirai pas, répondit-il d'un ton grave. Pas avant que nous ayons mis au point une ou deux choses.

Il y eut un lourd silence rythmé par le tambourinement violent de la pluie contre les carreaux.

— Très bien, dit-elle finalement. Je vais chercher les bougies.

92

Thorn l'attendit dans le vestibule vide. Une minute après, une lueur tremblota au bout du couloir, puis Rachel réapparut munie de bougeoirs en bronze doré.

— Venez, dit-elle, il faut faire sécher vos vêtements.

Il prit le bougeoir qu'elle lui tendait et la suivit dans l'escalier, tandis que leurs ombres mouvantes se déplaçaient contre la cloison coquille d'œuf... une couleur que le vieux Baskin n'avait certainement pas choisie, se prit à songer Thorn.

— Il y a tout ce qu'il faut dans la salle de bains, marmonna-t-elle, furieuse contre elle-même.

Elle ne se comportait pas normalement, enfin, pas comme une femme adulte. Elle s'en rendait compte mais n'y pouvait rien.

Elle tendit une vaste serviette éponge à Thorn, qui disparut docilement dans la salle de bains. Rachel courut dans sa chambre, tira des sous-vêtements propres hors de sa penderie, puis enfila un pantalon de cotonnade couleur pêche, avec un chandail assorti.

Lorsque Thorn fit son apparition sur le seuil de la chambre, il portait juste la serviette éponge autour des reins. Il tenait dans une main le bougeoir, et sur son bras, ses vêtements trempés.

Rachel se retourna vivement. Thorn humecta ses lèvres sèches. Il la trouvait très belle, avec sa lourde chevelure décoiffée où brillaient encore quelques gouttes de pluie.

– Rachel, vous êtes la femme la plus désirable que j'ai jamais rencontrée.

Elle décela l'étincelle de désir dans les yeux bleu saphir qui la dévoraient.

– Écoutez, Thorn...

– Prenez mes vêtements. J'espère qu'ils seront vite secs. Pour notre bien à tous les deux.

– Je vais les étendre devant le four, murmura-t-elle.

Troublée par le regard de Thorn, elle saisit la pile des vêtements et dévala les marches.

Une fois dans la cuisine, le souffle court, elle s'aperçut que Thorn ne l'avait pas suivi. Il avait préféré resté là-haut, dans la chambre.

Cannon leva le bougeoir et la douce clarté se répandit sur les murs tapissés d'un papier bleu pâle à fins ramages dorés.

« Voyons voir ce que mademoiselle Hyatt a dans les tripes ! »

Il avait toujours pensé que l'intérieur de chaque personne reflétait plus ou moins son caractère.

Grand lit recouvert d'une courtepointe ancienne, blanche et bleue, antique rocking-chair près d'une petite table avec, dessus, un livre relié en basane. Thorn s'approcha : il s'agissait de *la Petite Dorrit* de Charles Dickens.

« Le juge de paix revise ses classiques ! »

Il poursuivit son exploration, passa en revue les doubles rideaux de velours bleu clair molletonné de blanc, l'unique tableau, une aquarelle représentant un paysage ensoleillé, le poste de téléphone et le radio-réveil sur la table de chevet.

En s'approchant de la psyché, il y découvrit un flacon de parfum de chez Lanvin, une crème hydratante, une boîte d'ébène incrusté de nacre contenant quelques bijoux..., autant dire rien de révélateur sur la personnalité énigmatique de la maîtresse de maison.

Pas une photo de famille ou d'amis, pas une note personnelle.

Le plancher craqua, puis Rachel poussa le battant à caissons et pénétra dans la pièce. Elle portait un plateau sur lequel s'alignaient une cafetière et deux tasses de porcelaine dans leur soucoupe. Le tout éclairé par un chandelier à trois branches.

Elle déposa le plateau sur la psyché et servit le café en disant :

— Cela vous fera patienter jusqu'à ce que vos habits soient secs.

Thorn accepta la tasse qu'elle lui tendait.

— Merci. Rachel, votre chambre me surprend.

— Pourquoi? Parce qu'elle est meublée?

— Comparée au reste de la maison, c'est un capharnaüm. Je ne m'attendais pas à y découvrir un rocking-chair et encore moins un lit.

Il s'avança vers la fenêtre que la pluie cinglait sauvagement, tandis qu'elle prenait place sur le fauteuil à bascule, une jambe pliée sous elle.

— Rachel, pourquoi n'avez-vous pas meublé le reste de cette baraque?

— J'essaie de la vendre, je vous l'ai déjà dit.

— Et où irez-vous après l'avoir vendue?

Rachel se balançait doucement sur son rocking-chair.

— Peut-être à New York ou en Floride. Peut-être aussi en Californie. N'importe où.

— Pourquoi pas en Europe? Ou en Asie?

— Pourquoi pas? fit-elle, avec une lueur de défi dans le regard.

— Vous parlez comme votre personnage. Fannie, la bohémienne, n'est-ce pas un peu vous?

— Je ne suis pas bohémienne, dit-elle, en cessant de se balancer.

— Non? Alors pourquoi ne pouvez-vous vous fixer nulle part? Pour quelle raison vous tenez-vous à l'écart de tous et de tout?

Il s'était retourné et scrutait avidement son petit visage qui paraissait pâle sous la masse de la chevelure sombre. Par chance, Rachel n'eut pas à répondre à cette épineuse question qui la mettait face à elle-même, car le téléphone se mit à sonner.

— Rachel, est-ce que le Dr Cannon est chez vous?

— Euh... oui, monsieur Grundy. L'orage l'a surpris et...

— Puis-je lui parler? coupa le vieux voisin d'Edith.

Cannon prit l'écouteur.

— Bonsoir, doc! J'espère que vous vous connaissez en accouchements.

— Théoriquement, oui.

— La voisine de Marne Faber a essayé de vous joindre chez Edith. Ne vous y trouvant pas, elle a finit par m'appeler. Il paraît que Marne a des contractions depuis ce matin. Son mari, qui devait la conduire à l'hôpital d'Algona, est absent et le bébé n'a pas l'air disposé d'attendre le retour de son père.

— Où est M. Faber?

— Sur les routes. Il est chauffeur de camion et ne sera pas revenu avant deux jours. Pensez-vous que vous pouvez aider Marne, docteur? Elle est toute seule, dans sa ferme et refuse de bouger sans son mari.

Thorn jeta un coup d'œil en direction de la fenêtre ruisselante de pluie, illuminée de temps à autre par un éclair.

— J'ai besoin d'une voiture tous terrains et d'une bonne carte routière.

— Rachel sait où se trouve la ferme des Faber. Quant à la voiture, Sam Pierce est d'accord pour vous prêter sa Bronco.

— Alors, c'est entendu.

— Merci, doc, je savais qu'on pouvait compter sur le neveu d'Edith.

— C'est tout naturel, monsieur Grundy.

— Dites, mon garçon, évitez de passer par le fleuve. A cause des pluies, l'eau a débordé et certaines routes sont devenues impraticables. Bonne chance, fiston.

Thorn raccrocha et regarda Rachel en souriant.

— Ça vous dit, une petite promenade à la campagne?

La jeune femme soupira. Ses connaissances sur les accouchements étaient plutôt restreintes, mais elle se sentait responsable de toutes ces urgences auxquelles Thorn devait répondre. Après tout, c'était elle qui l'avait mis dans ce guêpier.

— Je ne vous serai pas d'un grand secours, fit-elle, mais, au moins, je pourrais faire bouillir de l'eau.

Elle grimaça un sourire et prit le plateau.

— Je vais voir si vos vêtements sont secs.

— Secs ou pas, apportez-les. Nous ferons un saut chez moi pour chercher ma trousse médicale.

La jeune femme haletait, allongée sur le dos. Chaque contraction devait être extrêmement douloureuse, car ses doigts se crispaient fébrilement sur le poignet de Rachel.

Celle-ci, assise sur le bord du lit, épongeait le visage de la parturiente avec un linge humide.

Marne endurait son supplice avec un courage exemplaire, car aucune plainte n'avait franchi ses lèvres de craie.

Seule l'expression de ses yeux et ses narines pincées trahissaient ses souffrances.

Thorn n'avait cessé de lui parler d'une voix rassurante. C'était le premier bébé que Marne allait mettre au monde. En la regardant, Rachel ne pouvait qu'admirer sa patience.

Les heures s'écoulaient lentement, en silence, et seule la voix basse de Thorn disait un mot de temps en temps. La pluie avait fini par cesser et les premières lueurs d'une aube blafarde éclairaient les carreaux, lorsque le jeune médecin dit à Marne de commencer à pousser.

– Rachel, fit-il au bout d'un moment.

Refoulant un sentiment de panique, elle le joignit au pied du lit.

– J'aurai besoin de vous quand le bébé naîtra. Passez-vous les mains à l'alcool, je crois que vous n'aurez pas le temps d'aller les laver.

La gorge serrée, elle s'exécuta.

Cannon se baissa et dit à Marne de pousser une dernière fois. Soudain, le bébé apparut. Le médecin le tira hors du ventre maternel et fit signe à Rachel de le prendre. Tandis qu'elle le tenait, il trancha d'un coup de ciseaux le cordon ombilical.

Ensuite, il frotta vigoureusement le minuscule corps gluant à l'aide d'une serviette. Le bébé se mit à geindre en remuant ses jambes et ses bras. Dans un large sourire heureux, Thorn annonça à Marne qu'elle venait de mettre au monde un beau petit garçon.

Rachel sentit une larme couler sur sa joue. De toute sa vie elle n'oublierait cette scène. Thorn, rayonnant de joie, présentant l'enfant à sa mère et celle-ci, ayant déjà oublié ses souffrances, l'accueillant avec un sourire resplendissant.

Rachel tombait de sommeil. Ils venaient de laisser la mère et le bébé se reposer et étaient descendus au rez-de-chaussée. Thorn avait appelé M. Grundy pour lui annoncer la bonne nouvelle.

Lorsqu'il raccrocha, Rachel dormait sur le canapé à poings fermés. Il la souleva dans ses bras, remonta à l'étage et la déposa dans la chambre d'amis, qui jouxtait celle de Marne.

Avant de la couvrir à l'aide d'un plaid, il lui ôta ses chaussures. Ensuite, il se débarrassa des siennes et se glissa près de Rachel dans le lit.

— Ce que vous avez fait ce soir était merveilleux, murmura-t-elle, alors.

— La nature est merveilleuse.

— Thorn, que se serait-il passé si vous n'aviez pas été là. Le cordon ombilical était noué autour du corps du bébé.

— Je l'ai senti lorsque je l'ai examinée, la dernière fois. C'est pourquoi je vous ai demandé de le tenir, car pendant le processus de l'accouchement, il arrive que ce nœud se resserre et je ne voulais pas en prendre le risque.

— C'est merveilleux, répéta-t-elle, comme fascinée, en étouffant un bâillement.

Thorn glissa un bras sous les épaules de Rachel.

— Essayons de nous reposer un peu. M. Grundy m'a dit que plusieurs femmes de Bowersville se relaieront auprès de Marne, jusqu'au retour de son époux.

— Hum... oui, elles sont formidables...

Elle s'endormit d'un seul coup, la tête confortablement calée sur l'épaule de Thorn, son bras en travers le torse musclé.

Abruti par la fatigue, il ferma les yeux. Un sentiment de paix qu'il n'avait jamais encore éprouvé se glissait en lui. Trois jours plus tôt, il n'aurait même pas pu imaginer qu'un tel bonheur existait.

Il serra Rachel contre lui et respira avec délice le doux parfum de ses cheveux.

Tandis que le sommeil l'engourdissait, il eut une pensée de reconnaissance à l'égard de sa tante.

« Tatie, merci! »

Edith avait toujours su ce qui était le mieux pour son neveu bien-aimé.

7

RACHEL sortit du sommeil progressivement.

En se retournant pour s'étirer, elle aperçut sur l'oreiller la tête sombre de Thorn.

La mémoire lui revint : ils avaient dormi dans le même lit. Pour elle, c'était une grande première.

La jeune femme resta complètement immobile, de peur de le réveiller, contemplant l'ombre que ses cils jetaient sur ses joues qu'une barbe naissante bleuissait.

Bizarre, la façon dont cet homme avait mis sa vie sens dessus dessous en l'espace de trois jours ! Elle se promit d'y penser, d'y réfléchir sérieusement, mais pour cela, elle avait besoin de se retrouver seule.

La lumière du jour inondait la fenêtre, mais Rachel n'aurait pas su dire si c'était le matin ou l'après-midi. Elle avait perdu la notion du temps et, pendant un instant, elle se dit que c'était très bien ainsi.

La chaleur de Thorn à son côté, son bras familièrement enroulé autour de sa taille, sa cuisse repliée en travers la jambe de Rachel, tout cela lui paraissait naturel. Comme s'il en avait toujours été ainsi, comme si sa place, sa vraie place, se situait auprès de lui.

Rachel ferma les paupières, submergée par de puissantes émotions. Elle l'aimait! Voilà la seule, l'unique explication de ce bien-être, de cette divine félicité qui l'avaient envahie.

Elle avait probablement commis la pire bêtise de sa vie, mais à quoi bon nier ses sentiments? Thorn avait su habilement l'éveiller au désir. A présent, elle brûlait de lui donner ce qu'elle avait gardé intact.

Elle rouvrit les yeux et son regard accrocha celui du jeune homme, qui lui sourit.

— Bonjour, murmura-t-il d'une voix enrouée.

— Bonjour, répondit-elle calmement. Quelle heure peut-il bien être?

— Je ne sais pas. Vous êtes couchée sur ma montre... Oh non, ne bougez pas! Je me fiche pas mal de l'heure.

— Nous devrions nous lever.

— Oui?

— Nous ne pouvons pas rester au lit toute la journée, murmura-t-elle, essayant d'être pratique.

Il s'approcha et enfouit son visage dans le cou de Rachel.

— Pourquoi pas?

— Parce que Marne et le bébé ont sûrement besoin de nous.

Se hissant sur un coude, il la regarda, décelant la flamme du désir au fond de ses prunelles sombres. Il glissa sa main vers la taille fine, la pressant contre lui.

– Et moi, j'ai désespérément besoin de vous.

– Mais Thorn... rien n'a changé.

– C'est exact, murmura-t-il, en l'embrassant et en caressant du bout de sa langue sa lèvre inférieure. Je vous veux autant que le jour où je vous ai découverte dans la rivière.

Rachel tressaillit lorsque la main de Thorn se posa sur sa hanche.

– Je... je veux dire que je manque toujours d'expérience. Et de cela, vous n'en voulez pas. Hier soir...

– Hier soir, nous avons été victimes d'un affreux malentendu. J'ai fait marche arrière, mais pas pour les raisons que vous avez imaginées. J'aurais voulu, comme je vous l'ai expliqué par la suite, que votre première fois se passe dans les meilleurs conditions. Hier soir je vous désirais trop pour songer à vous donner toute la tendresse que vous méritez.

Elle le dévisageait, surprise et perplexe.

– Je sais que vous avez de bonnes raisons de ne pas vouloir vous impliquer dans une affaire de cœur, poursuivit-il. Quelles qu'elles soient, je saurai les combattre. Mais en attendant...

Il baissa la tête et chercha ses lèvres.

Incapable de le repousser, Rachel noua les bras autour de son cou et, se collant à lui, répondit avec ardeur à son baiser.

Un sourd gémissement échappa à Thorn. Ses sens exacerbés lui dictaient de soumettre Rachel à ses exigences et, tandis qu'il l'embrassait, un millier d'images impudiques jaillirent dans son esprit.

Mais son amour pour elle l'exhortait à la patience, à la douceur. Il se contenta de caresser le corps brûlant de la jeune femme à travers ses vêtements, car s'il la dénudait, ses bonnes résolutions seraient vite balayées par le besoin de la posséder.

Cependant, malgré les efforts surhumains qu'il faisait pour rester tendre, son baiser devenait de plus en plus exigeant et sauvage et, peu après, il l'entendit émettre une petite plainte qui le mit au bord de l'extase.

« On joue avec le feu! » songea-t-il obscurément, pendant que, d'elles-mêmes, ses mains se glissaient sous le corsage soyeux, à la recherche des seins pleins qui se durcirent à son contact.

Dans une minute, il ne pourrait plus se contrôler, il le savait. Il doutait que Rachel, qui pourtant lui rendait avec une ardeur égale ses caresses et ses baisers, fût prête à se plier à ses assauts.

Soudain, un vagissement de nourrisson traversa le nuage sensuel dans lequel ils s'ébattaient.

– Le bébé, chuchota Thorn, en relevant la tête.

Rachel avait les yeux mi-clos, les pommettes en feu, et une expression d'abandon total qui rendait son visage encore plus joli.

Sa pudeur naturelle reprit le dessus. Rougissante, elle rajusta son corsage.

– Vous avez le don de faire disparaître le monde, murmura-t-elle doucement.

Thorn sourit. Son cœur battait à se rompre. S'il ne tenait qu'à lui, il déshabillerait Rachel et abuserait de son corps sauvagement. Or, en même temps, elle suscitait en lui une profonde affection qu'aucune autre femme ne lui avait inspirée auparavant.

Les cris du bébé mirent définitivement fin à ses interrogations. Il se redressa et tendit à Rachel une main secourable.

– Allons nous occuper du bébé.

Rachel émit un soupir léger. Elle se rendait compte qu'avec Thorn, elle venait de franchir une étape, une sorte de frontière invisible. Ce qui devait arriver après restait un mystère mais elle avait hâte de l'élucider.

Elle prit la main de Thorn et sentit ses doigts se refermer autour des siens.

Mme Pearsall arriva au moment où ils aidaient Marne à nourrir le bébé. La vieille dame apportait un panier rempli de provisions. Devant le petit, elle tomba en extase et s'installa, avec son tricot, près du lit de la jeune maman en lui racontant les derniers potins de Bowersville.

Après un copieux déjeuner, Cannon et Rachel purent quitter la ferme.

Lorsque la Bronco quitta la petite route bosselée et déboucha dans l'autoroute, Thorn se tourna vers sa passagère.

– Merci de m'avoir aidé. Sans vous, je ne sais pas si j'y serais arrivé.

Rachel gloussa.

– Flatteur! Vous êtes un médecin épatant. Je n'ai rien fait d'autre que suivre vos instructions.

– Peut-être, mais il me fallait un soutien moral. Je n'ai pas fait d'accouchement depuis mon internat. J'ai eu un moment de panique quand je me suis aperçu que le cordon ombilical était noué.

– Ta, ta, ta! Je n'en crois pas un seul mot, Thorn Cannon. Vous saviez très exactement ce qu'il fallait faire.

– La nature m'a aidé.

Les premières maisons de Bowersville se montrèrent à travers le riche feuillage des chênes et des bouleaux. Thorn ralentit, puis tourna dans une départementale.

– J'ai besoin d'une bonne douche et de vêtements propres, dit-il, pas vous?

– En fait, je me sens un peu courbaturée.

– Voulez-vous que je vous conduise chez vous avant de rendre la voiture à ce brave M. Pierce?

Tout à coup, il frappa de la paume le volant.

– Bon sang! Je ne suis qu'un sale égoïste. Je n'ai même pas songé que vous devez aller vite vous mettre à vos croquis.

– Ce n'est vraiment pas grave.

– Rachel, sachez que dans une relation amoureuse, les choses ne doivent pas toujours se passer selon les projets d'un seul des partenaires.

– Non?

– Par exemple, si je m'écoutais, je vous aurais emmenée chez tante Edith et vous ne seriez pas sortie de mon lit avant une bonne semaine.

Rachel se sentit rougir et s'éclaircit la gorge.

– C'est vrai que je dois aller travailler.

– Il changea de direction et peu après freina devant la demeure du vieux Baskin.

– A quelle heure aurez-vous fini?

– Vers quatre heures de l'après-midi. Je m'arrête toujours pour une pause.

– Je passe vous chercher à six heures pour un pique-nique près du fleuve, d'accord?

– Vous semblez avoir un faible pour le plein air. Hier soir le saule pleureur, aujourd'hui le rivage.

– C'est vrai, mais dans votre salle à manger il n'y a pas un seul meuble et chez moi, nous risquons de voir débarquer le charmant M. Grundy pour une canasta entre bons voisins.

– Entendu. A six heures, dit-elle en riant.

Le plus important, c'était qu'ils soient ensemble.

La grande horloge de la poste de Bowersville sonnait le sixième coup, lorsque Thorn Cannon monta les marches du perron de la demeure de Baskin.

Le battant s'ouvrit sur une apparition. Fancy Fannie en personne. Rachel portait une jupe à volants rouge cerise brodée de fils de soie et un corsage de dentelle blanche à bretelles, dont le décolleté laissait entrevoir la naissance des seins.

Un léger chandail du même rouge que la jupe parachevait sa mise.

– Venez, belle bohémienne. Dans mes habits ternes, je me sens tel le vilain corbeau à côté du paon éclatant.

108

Vingt minutes après, ils étaient installés sur les rives verdoyantes du Little Sioux River, dans les rayons obliques du soleil.

Thorn avait étalé le plaid sur l'herbe encore humide par les pluies torrentielles, puis disposé le couvert et un thermos de citronnade à côté du panier rempli de mets appétissants.

Rachel avait un air absent. Déjà, dans la voiture, elle n'avait pas desserré les dents.

– Chérie, que se passe-t-il ? Vous n'avez pas dit un mot. Est-ce que vous me faites la tête ?

– Mais non. J'ai simplement reçu un coup de fil de l'agent immobilier d'Algona. Elle m'a annoncé qu'elle a un client qui s'intéresse à quelques biens immobiliers que j'ai mis en vente.

– Ce sont de bonnes nouvelles ! s'exclama-t-il, puis voyant son petit visage fermé : non ?

– Il s'agit de deux immeubles situés dans la rue principale du village. Le *Peabody's* et le *Ruby's Café*.

Un silence s'ensuivit, pendant lequel Thorn essaya de comprendre pourquoi Rachel avait un air aussi malheureux.

– N'êtes-vous pas revenue à Bowersville pour liquider les biens de votre grand-père ? C'est un début.

– Oui, mais le client voudrait déloger les locataires. Il a l'intention de démolir pour reconstruire.

– Oh...

Rachel commença à se tordre les mains, avec une nervosité qui ne faisait qu'accroître.

– Je ne peux pas faire ça à ces gens! gémit-elle.
Je n'ai pas le droit de détruire la vie de M. et Mme
Lindstrom et celle des Peabody.

– Alors refusez cette offre et attendez. Peut-être
que le prochain acheteur laissera tout ce monde
dans les lieux. Achetez quelques meubles et ren-
dez la maison de Baskin habitable. Qui vous dit
que vous ne voudrez pas y rester pour un bon
moment?

Rachel grignota un cornichon.

– Qu'allez-vous faire de la maison d'Edith?
demanda-t-elle.

– Je la garde.

Elle avala de travers et commença à tousser.

– Ça vous fera une trotte, entre Bowersville et
Des Moines.

– C'est vrai, avoua-t-il.

Ce corsage de dentelle à travers lequel il devinait ses deux seins palpitants le rendait fou.

– Pourquoi ne pas la louer? insista-t-elle.

– Parce que j'y serai tous les week-ends. Et
toutes mes vacances, ajouta-t-il dans l'espoir
d'emmener un sourire sur le petit visage soucieux.

– De toute façon, ça m'étonnerait de tomber
sur des acheteurs qui ne soient pas promoteurs,
poursuivit-elle, insensible aux œillades brûlantes
de son compagnon. A moins de trouver une
famille ou un couple de retraités et, dans ce cas,
c'est la maison qui les intéressera... Qu'en pensez-
vous?

– Que ce sont vos affaires!

Médusée, elle le regarda bondir sur ses longues jambes et aller s'appuyer contre un hêtre qui surplombait l'eau.

— Thorn? Qu'y a-t-il? Pourquoi êtes-vous furieux?

— Vous ne comprenez donc rien? Bon sang! Je me tue à trouver le moyen de passer plus de temps à Bowersville pendant que vous ne songez qu'à vous en aller!

A son tour elle se redressa, se prit le pied dans un volant de la jupe, mais réussit à retrouver l'équilibre.

— Dites! Je ne vous ai rien demandé! cria-t-elle.

— Non! Et tout le problème est là! Mais j'ai le droit de savoir, au moins, une chose, Rachel. Est-ce Bowersville que vous voulez fuir ou moi?

— J'ai mis en vente la propriété de mon grand-père avant de vous rencontrer, Thorn. Ça n'a rien à voir avec vous, cessez donc de vous sentir persécuté.

Il hocha la tête d'un air ulcéré.

— Je crois que ça ne marchera jamais.

— Quoi donc? interrogea-t-elle.

— Nous!

Il la vit blêmir comme sous l'effet d'une gifle et en éprouva une sorte de plaisir pervers.

— Et quand je dis *nous*, c'est une façon de parler, continua-t-il, férocement, dans le seul but de la mortifier davantage. Vous ne daignez parler de vous que si l'on vous tire les vers du nez. Vous ne me témoignez un peu d'intérêt que pour flirter. Le reste du temps vous me traitez de tête de mule. J'en ai assez d'être votre souffre-douleur.

Tout en parlant, il était revenu vers la couverture et empilait les assiettes, les verres et les couverts avec efficacité.

Rachel, toujours debout, les bras ballants, le regardait, le visage défait, sans un mot.

Le trajet du retour s'effectua dans un morne silence.

Arrivés devant chez elle, Thorn freina et resta au volant, les yeux vagues, les épaules raides.

De toute évidence, il allait redémarrer et sortir définitivement de sa vie. Aussi, pourrait-elle se cantonner de nouveau dans sa chère solitude.

La jeune femme ravala rageusement ses larmes. Elle ne voulait plus, elle ne pouvait plus vivre sans Thorn.

Soudain, sa décision fut prise. Elle se pencha, saisit les clés de la BMW, poussa sa portière et s'élança vers la maison.

Thorn la rattrapa sur le seuil de la porte.

— Mes clés, s'il vous plaît.

— Non!

Il aspira une goulée d'air limpide.

— Rachel, pourquoi faire traîner les choses inutilement? Rendez-moi mes clés et laissez-moi suivre mon chemin.

Sa main se crispa douloureusement autour du trousseau, tandis que des larmes embuaient ses grands yeux.

— Vous avez tort, Thorn.

— Vraiment? ironisa-t-il d'un ton décourageant.

Les jambes de Rachel flageolèrent et elle s'assit sur la première marche de l'escalier. Thorn s'avança dans le vestibule, la main tendue.

Ses clés, il pouvait les attendre!

— Je ne peux pas parler de moi, hurla-t-elle, je n'ai jamais pu. Je n'arrive pas à exprimer mes sentiments.

— Pourquoi?

— Je manque de pratique. Grand-père ne disait pas plus de trois mots par jour et la seule fois où j'ai eu un chaton, il m'a obligée à le rendre, puis, dès le lendemain, je me suis retrouvée au pensionnat... et... et... comme j'avais toujours peur d'être rejetée, j'ai appris à éviter toute confrontation... et... je... je me suis repliée sur moi-mê... même.

Sa voix se fêla lamentablement.

— Pourquoi ne m'avez-vous pas dit tout ça plus tôt?

Il était venu s'asseoir sur la marche, à son côté.

— J'aurais voulu que vous compreniez, Thorn. C'est très dur de m'ouvrir à quelqu'un, même à vous.

Cannon lui prit le menton et la força à relever la tête.

— Rachel, avec vous, je cherche autre chose qu'une relation physique. Il est très important pour un couple de communiquer autrement qu'au lit...

Il sentit ses doigts se refermer autour de son poignet.

— Puisque ça a l'air de marcher au lit, dit-elle, peut-être devrions-nous commencer par là.

Thorn avala péniblement sa salive.

— Êtes-vous sûre que vous le voulez vraiment?

— Oh oui, fit-elle, et ne me demandez pas d'en parler.

113

Il sourit pour la première fois depuis qu'ils avaient quitté le bord du fleuve.

– Je n'ai jamais dit qu'il faut couper les cheveux en quatre, déclara-t-il.

Un baiser impétueux les unit, puis Thorn se redressa, souleva Rachel dans ses bras et commença à monter les marches.

8

LE jour déclinait lentement. Peu à peu l'ombre envahissait la chambre.

Avec une douceur infinie, Thorn avait ôté le corsage de dentelle blanche qui l'avait tant obsédé tout l'après-midi, dévoilant les seins ronds et fermes de Rachel.

Celle-ci, la tête rejetée en arrière, les yeux clos, offrait sa gorge aux baisers passionnés de son compagnon.

— J'ignorais qu'un tel plaisir existe, soupira-t-elle.

Il l'embrassa dans le cou.

— Moi aussi, Rachel. En quelque sorte, c'est, pour moi aussi, la première fois.

Tendrement, il la fit basculer sur le lit et s'allongea sur elle. La nuit tombait, la lumière s'amenuisait à la fenêtre, leur tendresse se muait en passion puis en fièvre.

Leurs vêtements s'envolèrent.

Thorn s'accorda le luxe d'admirer la jeune femme nue.

N'y tenant plus, il lui caressa une hanche, une

cuisse, s'émerveillant de la texture satinée de sa peau.

Elle était si chaude et si incroyablement douce.

Il se mit à l'embrasser partout jusqu'à ce qu'elle commence à se tordre comme une flamme. Tandis qu'il cherchait ses lèvres une fois de plus, elle mit la main sur la poitrine velue de Thorn percevant sous sa paume les sourds battements de son cœur affolé.

— Je ne croyais pas aux contes de fées, murmura-t-elle, d'une petite voix rauque. Je ne pensais pas que les rêves puissent se réaliser un jour. Je me sens comme la Belle au Bois dormant qu'un baiser du Prince Charmant ramena à la vie. C'est magique.

— Qu'est-ce qui est magique? demanda-t-il, le souffle court.

— Ça, fit-elle en ramenant la main de Thorn sur son sein. Et puis ça, ajouta-t-elle en l'embrassant.

Son audace prouvait qu'elle n'avait plus peur de l'amour.

— Rachel, es-tu prête? Je ne peux plus attendre.

— Oui, Thorn. je veux t'appartenir, même si ça ne dure pas.

Il pivota sur elle, lui repoussa la jambe de son genou, sentit ses ongles dans la chair de ses omoplates. S'abaissant aussi lentement qu'il le pouvait, il se fondit en elle. Les grands yeux sombres s'écarquillèrent un instant, avec une expression de surprise douloureuse.

— Je t'aime, dit Thorn, tout contre ses lèvres.

116

La semaine s'écoula dans un tourbillon d'activités diverses. Rachel et Thorn ne se quittaient plus de la journée.

Une grande partie de leur temps était consacré à l'amour et la jeune femme en venait à se demander si un tel bonheur pouvait exister sur terre.

Elle, qui avait toujours vécu dans la plus grande solitude, ignorait qu'une entente aussi parfaite puisse unir deux personnes.

Le seul point noir sur le ciel bleu de leur félicité résidait en l'exigence de Rachel que Thorn rentre toujours dormir chez lui. De la sorte, la jeune femme pensait éviter de heurter les gens bien pensants de la communauté.

Thorn détestait ça. Bien sûr, il comprenait parfaitement les raisons de Rachel, mais chaque fois qu'il se voyait obligé de regagner la maison de sa tante, en pleine nuit, il ne pouvait s'empêcher de pester contre la morale étriquée d'une société de petits bourgeois.

Le mercredi, Mme Lindstrom qui se remettait de sa chutte, reçut la visite de Rachel et de Thorn. Médusée, elle entendit la jeune femme lui proposer d'acheter le *Ruby's Café*. La patronne du bistrot en eut les larmes aux yeux. L'établissement était géré par sa famille depuis trois générations.

Mme Lindstrom avait déjà fait une offre d'achat au vieux Baskin, mais celui-ci l'avait déclinée.

Dans la voiture, Thorn se dit que Rachel venait d'administrer le meilleur médicament du monde à la patronne du *Ruby's*.

Songeuse, Rachel hocha la tête.

— D'une pierre deux coups. Elle a enfin ce qu'elle a toujours voulu et j'ai un souci en moins.

— La plupart des gens seraient ravis de posséder la moitié d'une ville.

— Peut-être. Aussi bizarre que ça puisse te paraître, je n'ai jamais pensé que la propriété de mon grand-père m'appartenait. Et même maintenant, je me dis : « Tout ça, c'est à lui, pas à moi. »

Toujours ce mot, songea-t-il.

— C'est un problème, ça, fit-il, tu es toujours persuadée que tu n'as rien. Ou que tu ne devrais rien avoir.

Rachel se mordit les lèvres. Pendant les deux derniers jours, elle avait déployé des efforts surhumains pour parler un peu plus librement avec Thorn. Après tout, il était l'homme qu'elle aimait. Et soudain, son ancienne réticence la rendait de nouveau muette.

« Allez, encore un petit effort, ma fille! » s'encouragea-t-elle, convaincue que l'harmonie d'un couple ne peut être fondée que sur la confiance mutuelle.

Elle avala péniblement sa salive et se lança :

— On dit qu'on ne peut pas se sentir privé de ce que l'on a jamais eu.

Thorn, tout en continuant à piloter la BMW, haussa un sourcil, étonné.

— Chérie, précise ta pensée.

— Euh... une chose que tu n'as jamais eue ne peut pas te manquer, tu comprends?

— Certes. Qu'est-ce qui te manque, Rachel?

Elle se frotta vigoureusement l'aile du nez, se tortilla sur son siège, émit un soupir bruyant et renifla. Thorn ne bronchait pas.

— Tu es sûr que tu n'es pas psychanalyste?

Il réprima un sourire et garda un silence éloquent. Rachel baissa le regard sur ses mains jointes et crispées.

— Je ne sais pas ce qui me manque, murmura-t-elle enfin, mais j'ai toujours senti que quelque chose me manquait... je... euh... Je m'exprime mal.

— C'est très clair, au contraire.

— Hum... je n'ai jamais eu le sentiment d'appartenir à un groupe, à un endroit. Où que j'aille, je me sens étrangère... Mais peut-être que ça arrive à tout le monde, parfois.

— Je n'oublierai jamais ma première journée à la faculté de médecine. En entrant dans ma classe, je me suis demandé ce que je faisais dans cet endroit.

Elle sourit.

— De quoi avais-tu peur?

— De tout. Je pensais que mes camarades étaient plus doués, plus intelligents, plus capables que moi. Plus tard, j'ai su qu'à peu près tous étaient dans le même état que moi.

— Oui, mais tu avais un but. Devenir médecin. Et tu as réussi. Pour moi, ce n'était pas pareil. Vivre dans un pensionnat de filles n'a rien d'exaltant.

« Nous y voilà », se dit Cannon en retrogradant de vitesse et en s'engageant dans un chemin de campagne. Il devrait y aller doucement s'il ne voulait pas effaroucher la jeune femme. Après une brève hésitation, il opta pour la légèreté du ton.

— Comment était-ce ? Je n'arrive pas à m'imaginer une école où les élèves ne s'en vont pas après la classe.

— On nous obligeait à porter des uniformes et à coucher dans des dortoirs. Quand les leçons étaient terminées, nous allions à la cantine, puis à la bibliothèque. Très vite des groupes se sont formés, les filles qui parlaient chiffons, celles qui s'intéressaient aux arts et aux lettres, et les matheuses.

— De quel groupe faisais-tu partie ?

— Du mien ! Je me sentais plus à l'aise en ma propre compagnie qu'avec les autres. En fait, essayer de me mêler à une bande d'inconnues était au-dessus de mes forces.

— Mon père disait qu'un inconnu n'est jamais que quelqu'un dont on n'a pas encore fait la connaissance.

— Grand-père m'a appris qu'il suffit d'ouvrir sa maison pour que des intrus fassent irruption et qu'il vaut mieux garder sa porte fermée.

Le sang de Thorn ne fit qu'un tour. Ce vieil ours de Baskin n'aurait jamais dû être chargé de l'éducation d'une petite fille aussi sensible.

Seule tante Edith avait su discerner, sous les apparences froides de Rachel, son âme passionnée.

Il arrêta la voiture sous les branches feuillues d'un hêtre et prit la main de sa compagne.

120

— La porte ne se refermera plus, Rachel. Plus jamais. Nous sommes deux à présent. Et nous appartenons l'un à l'autre.

Elle le regarda, le visage illuminé d'une joie intérieure.

— Merci, Thorn, dit-elle.

Chaque jour était un présent et Rachel entendait en profiter. Au fond, elle ne pouvait s'empêcher de penser que tout se terminerait bientôt... Parce que la vie était ainsi faite. Le vieux Baskin le lui avait suffisamment répété durant toute son enfance solitaire.

Le mardi suivant apporta les signes avant-coureurs d'une crise. Rachel se sentait triste et quant à Thorn, il avait l'air ailleurs.

Par moments, il descendait de son nuage pour débiter une banalité, puis il reprenait son expression songeuse.

Ils s'étaient rendus dans la maison d'Edith, afin de rassembler les affaires que la vieille dame avait réclamées.

Thorn avait transporté les boîtes, ainsi qu'une malle dans la cuisine, où il avait entrepris de les fermer. Comme il s'éternisait, Rachel s'était porté à sa rencontre. Elle allait pénétrer dans la cuisine, lorsqu'elle l'entendit parler au téléphone.

— Parfait, dit-il, en riant. Je suis ravi d'entendre que Des Moines survit sans moi. Et mes patients?

Une pause, puis :

— De toute façon je passerai à la clinique demain vers neuf heures. J'irai avant à mon appartement. Dis à Marty que j'ai besoin d'elle. Oh, qu'elle prenne sa journée. Autant que tu le saches, vieux, j'essaierai de la convaincre de repartir avec moi.

Deuxième silence, pendant lequel Thorn gloussa.

– Mais oui, reprit-il, ce ne sera pas la première fois que je te vole une femme.

Rachel porta les mains à son visage brûlant, battit vite en retraite dans le salon, mais ne continua pas à envelopper l'argenterie dans du papier de soie.

Glacée, elle se laissa tomber sur le vieux canapé gémissant, les yeux fixés sur le poste de téléphone noir, posé sur la table basse, qui semblait la narguer.

Nul besoin de posséder le flair d'un Sherlok Holmes pour s'apercevoir que Thorn préférait la laisser en dehors de sa conversation téléphonique.

Nul doute qu'il avait trouvé un quelconque prétexte pour s'isoler et passer son coup de fil en catimini.

Pour quelqu'un qui proclamait la nécessité de la confiance aux autres, il agissait bizarrement. Mais ne se serait-il pas rappelé subitement d'un rendez-vous téléphonique, par exemple, pendant qu'il se trouvait dans la cuisine?

Un sourire amer étira les lèvres de Rachel.

« Inutile de t'efforcer à chercher de bonnes raisons, ma fille », se dit-elle.

En effet, depuis qu'ils s'étaient mis ensemble, Cannon n'avait fait aucune allusion à son départ à Des Moines. Pas une fois.

La jeune femme se redressa, incapable de tenir en place. Chaque histoire avait une fin, les plaisanteries les plus courtes étaient les meilleures et puis... zut! Cet instant, elle l'avait redouté, elle l'avait attendu dès le premier jour.

Refoulant ses larmes, elle se mordit la lèvre et tapa du pied. A présent, elle se demandait s'il allait prendre la peine de la prévenir qu'il partait. Grand-père Baskin avait raison. Il fallait vivre sa porte fermée.

Curieusement, Rachel ne regrettait pas d'avoir ouvert sa porte à un inconnu. Mais elle voulait savoir ce que leur semaine d'amour signifiait pour lui. Et elle voulait savoir aussi qui était Marty.

La main sur le front, elle réfléchit. Il n'y avait, dans son cœur, aucun ressentiment à l'égard de Thorn. Plutôt de la gratitude. Il lui avait appris à aimer. Grâce à lui, elle s'était sentie désirable et avait compris beaucoup de choses sur elle-même... Cependant... la gratitude céda bien vite le pas à l'abattement. Puis à la révolte.

Allait-elle baisser les bras? Laisser l'homme de sa vie la quitter sans livrer bataille?

Plus calme, elle enveloppa un sucrier en argent dans du tissu du flanelle, étonnée que ses mains ne tremblent pas.

Thorn n'était pas encore parti. Il ne perdait rien pour attendre. Rachel continua à travailler, les yeux vides. Peu après, un pas résonna dans le couloir, et elle l'entendit siffloter une rengaine.

Rachel haussa le menton. Iphigénie en Aulide ne se serait pas sentie plus trahie qu'elle.

123

Dès l'instant où Cannon mit le pied dans le salon, il sut que Rachel était en colère. Il en ignorait la raison, mais en fut satisfait. « Tout, sauf l'indifférence », songea-t-il. Il avait compris depuis un certain temps qu'il lui faudrait peu à peu démolir les enseignements empoisonnés du vieux Baskin.

Il eut un geste vers les innombrables paquets qui jonchaient le parquet.

– J'espère que ma tante et son mari ont une grande maison.

Rachel poursuivit sa tâche sans commentaire. En empilant les paquets, Thorn dit en la regardant :

– Je les expédierai demain de Des Moines.

Elle ne manifesta aucune saute d'humeur, aucun signe de bonne ou mauvaise augure.

– As-tu entendu ? Demain matin je vais à Des Moines.

Elle colla une étiquette sur un paquet et se mit à inscrire le nom et l'adresse d'Edith.

– Oui, j'ai entendu.

– Et tu ne veux pas savoir pourquoi j'y vais ?

– C'est naturel de retourner dans la ville où l'on vit et où l'on travaille. Tu es resté trop longtemps à Bowersville. Enfin, plus longtemps que prévu.

C'en était agaçant. Énervé, il lui prit les étiquettes des mains.

– Je crois qu'on ferait mieux d'en parler tout de suite.

La sonnerie du téléphone fit sursauter Rachel.

124

Thorn décrocha.

– Docteur Cannon, dit-il machinalement. Bon, j'arrive!

Il raccrocha et la scruta du regard.

– M. Grundy ne se sent pas bien. Je reviens dès que je peux.

Pas de réponse. Seulement, elle le suivit des yeux, tandis qu'il se précipitait hors de la pièce, à la recherche de sa mallette.

La jeune femme avait collé toutes les étiquettes. Assise derrière le vieux bureau d'Edith, elle écrivait un mot à Thorn, lorsque le téléphone sonna.

C'était lui.

– Je vais rester un moment avec M. Grundy.

– Comment va-t-il?

Thorn gloussa.

– Bon pied, bon œil.

– Que s'est-il passé?

– Il a eu peur d'avoir une crise cardiaque. Bien sûr, il a refusé de se faire hospitaliser. Finalement, c'est une simple indigestion. Notre ami a abusé de *chili con carne* et de bière.

– Il va mieux, maintenant?

– Oui. Après une double dose de bicarbonate, il s'est mis à me raconter sa jeunesse aventureuse. Une existence pleine d'imprévus.

– J'étais en train de t'écrire au moment où tu m'as appelée. Tous les paquets sont prêts. J'en posterai une partie la prochaine fois que j'irai à Algona. Je te laisse les plus petits, afin qu'ils puissent tenir dans ta voiture, fit-elle, en froissant le morceau de papier sur lequel elle avait griffonné trois lignes.

— Non, Rachel, laisse tout. C'est à moi de m'en occuper, d'accord? Rachel?

— Oui.

Des coups de feu et des cris explosèrent en arrière plan. Thorn émit un soupir.

— Seigneur, M. Grundy vient d'allumer la télé. A dans une heure au plus tard.

Il raccrocha, avant que Rachel puisse répondre. La jeune femme secoua la tête, s'assit, et rédigea une autre lettre.

Deux heures plus tard, elle était au lit, un livre à la main, quand le téléphone sonna.

— J'ai lu ton mot, dit la voix tendue de Thorn dans l'écouteur. Quelle mouche t'a piquée? Que fais-tu chez toi alors que je t'ai demandé de m'attendre, bon sang!

— Tu sais quelle heure il est?

— Oui, je sais! Mais ce que je ne sais pas, c'est pourquoi tu n'es pas restée. Nous avions mille choses à nous dire, il me semble... Non de nom! gronda-t-il, tout ça est ridicule. Je pars demain matin et à mon retour, prépare-toi à des changements importants.

Il raccrocha, rageur.

Cannon dut rester cinq jours à Des Moines. Cinq longues journées pendant lesquelles, il laissa le cabinet médical à son associé, Richard, avec lequel il étudia chaque dossier.

Vider son appartement et le confier à une agence immobilière lui prit moins de temps.

126

Il appelait Rachel plusieurs fois par jour et même tard dans la nuit, sans jamais obtenir de réponse. Excédé, le troisième jour, il composa le numéro de M. Grundy.

— Alors, fiston, comment ça va?

— Très bien, M. Grundy. Savez-vous où se trouve Rachel? Je n'arrive pas à la joindre.

— Pas étonnant, elle est pas là. Elle est partie vendredi.

— Comment ça, partie?

— Partie, quoi. Entrée dans sa bagnole, démarré et hop! Partie.

— Mais où est-elle allée?

— Ça, elle me l'a pas dit, mon gars. Mais ça lui arrive de s'en aller un moment, puis de revenir. Elle est libre, hein?

Thorn continua à appeler chez Rachel, sans répit, mais en vain. Il prit le chemin de Bowersville, la mort dans l'âme, le mardi suivant.

Naturellement, la maison de Rachel était déserte. Cannon se cassa le nez sur la porte close car, cette fois-ci, la jeune femme avait fermé à clé.

Ses affaires l'avaient précédé chez sa tante. Le rez-de-chaussée de la vieille demeure était jonché de malles, de valises et de paquets.

M. Grundy et quelques voisins lui réservèrent un accueil chaleureux, mais Thorn resta soucieux.

— Par ici, fiston, nous allons trinquer à ton retour au pays, dit le vieux voisin, en brandissant une bouteille de whisky.

Puis, baissant le ton:

– Vous avez bien besoin d'un remontant, pas vrai, mon garçon? A la vôtre. Et à votre nouvelle maison.

Le whisky brûla la langue et la gorge de Thorn.

– Merci. J'aurais voulu faire quelques travaux...

– Pas de problème, fiston. Je passerai quelques coups de fils à Algona et vous tiendrai au courant.

Le vieux Grundy versa une généreuse rasade dans le verre de Cannon, avant de poursuivre :

– Au fait, il y avait une Porsche rouge, tantôt, devant chez *Peabody's*. Je me suis dit que ça pouvait vous intéresser.

Thorn bondit.

– Et c'est maintenant que vous me le dites?

– Holà, doucement, petit. Laissez-lui le temps de ranger ses emplettes.

Thorn était déjà dehors.

Rachel lui tournait le dos et rangeait des conserves dans le placard, au-dessus de l'évier. Elle portait un ensemble mode qui formait un contraste sophistiqué dans la cuisine rustique.

– Où diable étais-tu?

Elle sursauta, puis se retourna, la main sur le cœur.

– Oh, Thorn, tu m'as fait une de ces peurs...

Il contourna un panier rempli de pommes vertes et la saisit par les épaules.

– Où étais-tu? répéta-t-il, en dissimulant de son mieux sa colère et sa frustration.

– A New York.

– Pour quoi faire?

– Pour affaires.

Il commençait à en avoir par-dessus la tête de ses réponses laconiques.

– Je t'ai déjà dit de ne pas partir sans me dire où tu vas. Et voilà que tu recommences. Je me suis fait un sang d'encre pendant cinq jours.

Il la sentit sur la défensive.

– Je ne savais pas comment te joindre à Des Moines.

– Tu parles!

La peur dans les grands yeux sombres radoucit son humeur. Soudain, il craqua, et lui prit le visage dans ses mains.

– Chérie, tu m'as manqué. Tu m'as manqué tout le temps, surtout les nuits, toutes ces nuits interminables, sans toi, sans ta chaleur...

Elle murmura son nom et il se sentit comme aspiré par son regard. Il l'attira entre ses bras et leurs lèvres se cherchèrent avidement.

En serrant contre lui le corps souple de Rachel, Thorn se dit qu'ils auraient tout le temps de s'expliquer.

L'éternité...

9

ILS n'avaient pas mangé de la journée et, pour une fois, Rachel fit honneur au repas qu'ils préparèrent ensemble. Avec un soupir, Thorn repoussa son assiette vide.

— Quand je pense à toutes les malles à tous ces paquets qui m'attendent...

— De quoi parles-tu?

— De mon cabinet médical et quelques meubles de mon ancien appartement. Les déménageurs ont tout entassé dans le salon. C'est là que tout mon équipement restera jusqu'à la fin des travaux.

— ... Quels travaux? Quel équipement?

Il appuya ses avant-bras sur la table et pencha le buste en avant.

— Chérie, ton manque de flair me surprend. Je parle de *mon* équipement qui va avec *mon* cabinet de médecin et que j'ai fait venir chez tante Edith. Tu y es, maintenant?

Rachel le regardait, bouche bée, comme s'il venait de perdre la raison.

— Pour un fan de la communication, tu es plutôt secret, remarqua-t-telle. Comment voulais-tu que je devine ton projet de t'installer à Bowersville?

Il lui prit la main et lui embrassa la paume.

— Je croyais te l'avoir dit. J'avais discuté cette possibilité avec ma tante lorsque je l'ai appelée à Hawaï. Apparemment, je pense à autre chose, quand je suis près de toi, Rachel.

Elle continuait de le fixer, les yeux ronds.

— Tu veux dire que tu vas t'installer pour de bon?

— Naturellement. Sinon, comment veux-tu que nous puissions être ensemble?

Dépassée par les événements, Rachel regardait toujours le visage rieur aux yeux bleu vif qu'elle aimait tant. Elle voulut dire quelque chose de pertinent et réussit, au bout d'un moment, à bredouiller un lamentable :

— Comment ça?

— C'est très simple. M. Grundy se charge actuellement de me mettre en contact avec un menuisier qui transformera le salon en salle d'attente et la salle à manger en salle d'examen. Plus tard, si tout va bien, je ferai peut-être construire une petite clinique. Pour le moment, j'exercerai la médecine de la même façon que mon père. Pendant que j'étais à Des Moines, j'ai essayé de convaincre Marty, une de nos infirmières, de se déplacer ici, mais elle demande à réfléchir... sinon, je pourrais trouver une aide soignante à Algona et... où en étais-je?

Il était inutile d'attendre de réponse, car Rachel semblait avoir perdu l'usage de la parole.

– ... Ah, voilà, poursuivit-il. Nous nous installerons au premier étage, à moins que tu préfères que nous habitions ici, auquel cas, il faudra se résoudre à acheter quelques meubles. Honnêtement, on ne peut pas passer notre vie entre la chambre à coucher et la cuisine... Toute réflexion faite, oublie la cuisine! La chambre suffira. Nous vivrons d'amour et d'eau fraîche... disons que l'eau fraîche n'est pas indispensable... Rachel, que se passe-t-il?

Elle était blanche comme un linge. Ayant libéré sa main que Thorn caressait, elle repoussa sa chaise, qui tomba à la renverse, et se redressa.

– Tu vas trop vite, souffla-t-elle, furieuse. Beaucoup trop vite.

Après avoir arpenté le sol carrelé de la cuisine, elle se planta devant lui, les mains sur les hanches.

– Vous avez un culot monstre, docteur Cannon.

– C'est vrai, admit-il complaisamment. Mais qu'est-ce qui te met dans cet état?

– Toi! Après m'avoir harcelée pour me rendre plus sociable, après avoir recueilli mes confidences, des choses que je n'ai jamais dites à personne, tu viens m'annoncer tranquillement que, primo, tu restes définitivement à Bowersville et, secundo, que nous allons vivre ensemble. Sans rien m'avoir dit, sans m'avoir consultée.

Il se leva et, allant vers elle, lui prit le visage dans les mains.

– Nous vivrons ensemble, chérie, parce que, tertio, telle est la coutume pour les couples mariés.

Les lèvres blanches de Rachel formulèrent le mot « mariés » sans un son. Sa pâleur s'était accentuée et ses yeux brillaient de joie ou de colère, Thorn n'aurait pas su le dire.

– Rachel, je t'aime, murmura-t-il. Je désire t'épouser et te faire des enfants et vivre avec toi jusqu'à la fin de nos jours. J'aurais peut-être dû te le dire avant mais... bon, d'accord, convint-il, voyant son regard accusateur, je ne te l'ai pas dit! J'ai pris les devants et je t'ai traitée avec la finesse d'un bulldozer.

– Thorn...

– Et si tu n'as pas compris que j'ai agi de la sorte parce que j'avais peur que tu me dises non, et qu'un refus de ta part sonnerait le glas de tous mes rêves, il va falloir que tu lises l'excellent Sigmund Freud.

– Mon Dieu, Thorn... Thorn... murmura-t-elle, les mains crispées sur la chemise de Cannon. Je... je n'osais même pas imaginer que tu m'aimes. Je n'osais pas l'espérer de peur d'être déçue. Je... vraiment, je ne m'y attendais pas.

Il l'attira plus près.

– J'ai besoin de connaître tes sentiments, Rachel. Est-ce que tu m'aimes?

Elle regarda tendrement les yeux bleus qui la sondaient anxieusement.

– Mais oui, je t'aime! Tu es l'individu le plus arrogant que j'ai jamais connu, plus d'une fois tu m'as rendue à moitié folle, mais oui, je t'aime, Thorn.

Il la serra très fort et elle sentit la tension quitter son corps. Pendant un long moment, ils restèrent immobiles, enlacés.

Puis, il l'embrassa. Son baiser communiqua à Rachel toutes ces sensations délirantes qu'elle avait connues grâce à lui. Se sachant aimée de Thorn, elle éprouva pour la première fois de sa vie un merveilleux sentiment de sécurité qui, très vite, fut remplacé par un désir plein d'ardeur.

Tandis qu'il la caressait de ses doigts magiques, elle lui défit en un geste, d'une audace inouïe venant d'elle, la ceinture de son pantalon.

Un soupir roula dans la gorge de Thorn, et il tira sur la fermeture Eclair de la robe de Rachel, libérant son corps mince et fléxible.

— Chérie, je t'ai dans la peau, chuchota-t-il contre son long cou satiné.

Rachel sourit.

— Ça ne se voit pas! se moqua-t-elle.

M. Doyle, menuisier de son état et ami de M. Grundy fit un devis raisonnable, après quoi il assaillit Thorn de suggestions. Celui-ci fut trop content de laisser les travaux sous l'entière responabilité de Doyle, tandis que Rachel se chargeait du nouveau papier mural.

Mais si le jeune médecin paraissait faire confiance à son prochain, il n'en allait pas de même pour le menuisier qui, veillant farouchement sur son œuvre, avait interdit à quiconque de s'en mêler.

Au bout d'une semaine et demie, le rez-de-chaussée de tante Édith, après une phase délicate

134

pendant laquelle presque toutes les cloisons avaient été déplacées, recommença à prendre forme.

Une semaine plus tard, Thorn félicita l'ouvrier créatif qui, le marteau à la main, hocha la tête, condescendant. D'autres l'avaient déjà complimenté sur ses talents et, si son paternel avait été plus fortuné, il aurait pu facilement décrocher un diplôme d'architecte.

Du reste, la veine créatrice des Doyle était reconnue de tout Bowersville, depuis que l'oncle du menuisier avait réussi comme auteur de romans policiers.

Un dimanche, Rachel et Thorn mesuraient les fenêtres pour un futur achat de rideaux, lorsqu'une voix dans le couloir appela le Dr Cannon.

— Richard? fit Thorn, enchanté. Nous sommes dans le salon. Deuxième porte à gauche.

Son associé se fraya un difficile passage au milieu des paquets et peu après, sa silhouette athlétique se découpa dans le chambranle de la porte.

De quelques centimètres plus petit que Thorn, il arborait une magnifique musculature qui lui donnait l'air du footballeur américain en quête d'adversaires. Il portait des lunettes cerclées de noir sur le nez et ses yeux bruns pétillaient d'intelligence.

— A coup sûr tes patients seront blessés avant de parvenir jusqu'à ton bureau, s'exclama-t-il, dans un grand éclat de rire. Mais ce parcours du combattant fait peut-être partie de la thérapie?

Thorn lui serra chaleureusement la main.

— J'y songerai. Qui fait la permanence, aujourd'hui?

— Olander. Je mourais d'envie de voir de mes propres yeux ce qui t'a littéralement arraché à notre clinique et... — son regard dériva vers Rachel —, je ne t'en blâme pas.

Thorn fit les présentations.

— Rachel, voici mon grand ami et ancien associé, Richard Somerset. Cher Richard, je voudrais te présenter celle qui sera bientôt ma femme, Rachel Hyatt.

Richard attrapa Rachel et lui colla deux baisers sonores sur les joues.

— Votre visage ne m'est pas inconnu, remarqua-t-il. Nous serions-nous rencontrés ailleurs que dans mes rêves les plus fous?

— Je ne crois pas. Je me serai souvenue d'un homme qui remue autant d'air que ma Porsche.

Richard éclata de rire, puis sourit à Thorn.

— Félicitations, mon vieux. Probablement tu ne la mérites pas, mais tu as toujours eu de la chance.

Thorn lui rendit son sourire.

— Combien de temps resteras-tu?

Le regard de Richard se posa sur Rachel.

— En tout cas, je suis libre ce soir!

— Alors, vous êtes notre invité, dit-elle. Thorn, pourquoi ne fais-tu pas visiter ce merveilleux petit Versailles pendant que je cours chez *Peabody's*?

Elle s'en fut de son pas gracieux, sous le regard des deux hommes.

– Je commence à comprendre ton empressement, observa Richard. Elle est très belle. Je suis vraiment sûr de l'avoir déjà vue quelque part. Tiens, elle ressemble à...

– Ne cherche pas! coupa Thorn, sérieux. Rachel ne ressemble à aucune autre femme.

– Seigneur! Il est vraiment mordu, s'esclaffa Richard. Allez, montre-moi les lieux, puis nous irons retrouver la charmante élue de ton cœur. Car nous ne dînons pas ici, au milieu des décombres, j'espère!

Cannon se mit à rire.

– Non, mon cher. Nous dînons chez Rachel. Nous sommes assez civilisés à Bowersville, tu verras. Nous utilisons même des fourchettes et des couteaux.

– Pas possible!

– Mais oui. Par ici. Je voudrais te montrer la salle d'examen.

Le repas se déroula dans une ambiance de fête. Richard s'était avéré un convive extraordinaire.

C'était un être enjoué, intarissable et plein d'humour. Il avait une mémoire prodigieuse et raconta de bonnes histoires du temps où, lui et Thorn, étaient étudiants à la faculté de médecine.

Son appétit, remarqua Rachel, allait avec le reste. Après avoir vidé deux fois son assiette, Richard, tout en bavardant, avait commencé à picorer dans l'assiette de Thorn puis, carrément, dans celle de Rachel.

De temps à autre il s'arrêtait, la fourchette en

l'air, et fixait Rachel en fronçant les sourcils, comme s'il s'efforçait de revivre un souvenir.

La jeune femme se sentait un peu désorientée, mais peu à peu, la bonne humeur de ses deux hôtes l'emporta sur son anxiété naturelle.

Bientôt, elle aussi plaisantait et riait avec eux.

Entre le fromage et la poire, Richard prit un air légèrement plus sérieux.

— Franchement, quand Thorn m'a appris qu'il mettait fin à notre association pour aller moisir dans un bled à peine mentionné sur les guides, j'ai cru qu'il était devenu dingue. C'est quand même un jeune talent de la médecine, alors, je trouvais bizarre qu'il veuille jouer les toubibs de campagne.

Il se renversa sur sa chaise, tandis que Rachel servait le café.

— On n'est jamais sûr de rien. Je me suis résolu à venir vérifier par moi-même.

— Et, éventuellement, le persuader de regagner Des Moines?

— Ça m'étonnerait que j'y arrive. Vous n'avez pas vu dans quel état il se trouvait, lorsqu'il est revenu pendant cinq jours. Le genre agité en manque. Toutes les cinq minutes il sautait sur le téléphone pour vous appeler et le reste du temps, il hurlait... je veux dire : il ne *pouvait pas* s'exprimer autrement.

— Je vois, sourit Rachel.

— King Kong à la recherche de sa fiancée aurait l'air amorphe, à côté de Cannon... Bref, lorsque je suis arrivé, je suis entré dans ce café...

– Le *Ruby's*.

– C'est ça. Et là, le croirez-vous? Tout le monde parlait de vous deux..., en bien. J'ai compris que la population se réjouit d'avoir enfin un médecin à proximité. J'ai commencé à comprendre que mon ami Thorn avait probablement fait le bon choix.

Rachel regarda Thorn, qui sourit.

– Marne, son mari et le bébé sont passés tout à l'heure chez moi, dit-il. Marne voulait me remercier de l'avoir aidée à mettre au monde son enfant. Puis, M. Grundy est arrivé. Le bicarbonate lui a sauvé la vie.

– Le vieux grincheux? dit Richard. Il m'a donné un sac de pop-corn, juste avant que j'entre chez toi. Excellent, du reste.

– Le meilleur de la région! répondirent en chœur Rachel et Thorn.

Richard leva son verre de cognac.

– Travail, santé, amour! A propos, c'est quand le mariage?

– Dans deux semaines, répliqua aussitôt Thorn, prenant Rachel de court et ignorant ses coups d'œil interrogateurs. Bien sûr, tu seras des nôtres. Je voudrais que tu sois mon témoin, Richard.

– Compte sur moi. J'adore assister aux mariages des autres...

Il vida coup sur coup son verre et sa tasse de café, puis se leva.

– J'ai pas mal de route à faire. Rachel, ce fut un plaisir. Merci pour ce généreux repas. Lorsque Thorn m'a parlé de vous, la semaine dernière, j'ai cru qu'il délirait. Maintenant, je vois qu'il est sain d'esprit.

Pendant que Thorn raccompagnait Richard à sa voiture, la jeune femme se rendit au salon provisoirement meublé du vieux canapé et des fauteuils d'Edith.

Lorsque Thorn revint, elle l'accueillit d'un regard d'encre. Le jeune homme se laissa tomber sur un fauteuil sans plus penser aux ressorts, qui le firent bondir.

— Rachel, je sens que tu as quelque chose à me dire.

— Exactement. Pourquoi as-tu dit à Richard que nous nous marions dans deux semaines ?

— Parce que c'est la vérité.

— Tu ne crois pas que nous aurions dû discuter ensemble ce sujet.

— Probablement.

— Alors pourquoi l'avoir annoncé sans même me consulter ?

Thorn essaya son sourire n° 1 qui lui donnait un air de gamin pris en faute. Ça ne marcha pas.

— C'est impensable ! explosa-t-elle, avec des larmes d'indignation dans les yeux. Tu n'es qu'un macho !

— Chérie, je ne suis qu'un amoureux transi qui n'en peut plus d'attendre de vivre avec celle qu'il aime.

— Nous sommes tout le temps ensemble. Non, Thorn, cette fois-ci ça ne passera pas.

Il passa directement au sourire n° 3, le plus éblouissant de la collection, sans résultat.

– J'ai mon mot à dire et je ne m'en priverai pas.

Thorn cessa de sourire.

– Rachel, si tu ne m'obligeais pas à dormir seul tous les soirs. J'ai envie de dormir à ton côté, de me réveiller près de toi, ne comprends-tu pas?

Il la sentit mollir.

– Certes, mais ce n'est pas une raison. Tu me mets sans cesse devant le fait accompli.

– Chérie, je ne le ferai plus. Plus jamais. Je serai le plus gentil des maris.

– Je venais juste de m'habituer à l'idée que je t'aimais, murmura-t-elle. Je n'ai pas eu le temps de penser au mariage.

– Tu auras tout le temps, d'ici deux semaines.

Un demi-sourire frôla les lèvres boudeuses de Rachel.

Profitant de l'accalmie, Cannon se glissa près d'elle, sur le canapé.

– Rachel, nous sommes dans une petite ville. Il faut régulariser notre situation. Ma position sociale exige que j'aie une épouse à la maison.

Son ton presque grave, fit s'élargir le sourire de la jeune femme. Thorn la prit dans ses bras, mais elle secoua la tête de cette façon vigoureuse qui lui était familière.

– Chéri, nous nous connaissons à peine.

– Au contraire. En l'espace de quelques semaines, j'ai pris un sérieux coup de vieux. C'est comme si nous nous connaissions depuis des années.

Rachel noua ses bras autour du cou de Thorn.

– Trêve de plaisanteries! Et si nous nous trompions?

141

– Parle pour toi, fit-il d'un air chagriné.

– Thorn, cesse de faire le clown. Nous sommes tellement différents...

– Les garçons et les filles sont différents, oui.

Rachel gloussa.

– Très fin! Je veux parler de notre caractère. Tu es un extroverti et moi une introvertie. Tu viens de quitter une grande ville pour t'installer dans un tout petit bled. Crois-tu que c'est le moment de te marier, en plus?

– Oui, je le crois, dit-il fermement. Je te connais bien, Rachel. Je t'aime telle que tu es, je ne puis imaginer vivre sans toi. Même un jour, même une heure.

Les yeux de Rachel paraissaient plus grands et plus sombres que jamais.

Si elle essayait de faire marche arrière, elle allait être déçue, se dit-il.

Il se pencha vers elle et l'embrassa lentement.

– Je m'habituerai à Bowersville, murmura-t-il. Je suis prêt à déménager dans le Sahara s'il le faut, à condition que ce soit avec toi.

Rachel le regarda longuement, les lèvres tremblantes, puis elle se blottit dans son cou.

– J'espère que tu sais ce que tu fais, murmura-t-elle. Que tu ne regretteras pas un jour de m'avoir épousée.

Thorn sentit qu'il pouvait souffler. Il avait eu si peur, il s'était tant inquiété que ses nerfs se relâchèrent d'un coup et il crut défaillir de bonheur.

C'était vrai qu'il avait tout fait pour mettre Rachel au pied du mur. Mais toutes ces tricheries de gamin étaient dictées par la crainte de la perdre. Elle était tellement imprévisible, tellement insaisissable...

– Je sais très bien ce que je fais, répondit-il. Et je peux te le prouver.

Ses lèvres se promenèrent sur la chair délicate de son bras, tandis qu'il laissait errer ses doigts sur le corps souple de Rachel. Celle-ci, sous les caresses, peu à peu s'enflammait.

Lorsqu'il lui mordilla le lobe de l'oreille, elle laissa échapper un petit gémissement.

– Eh bien, belle sirène, acceptes-tu d'épouser le vilain crapaud sous lequel se cache un prince?

– Hum... tu sais bien que je ne peux pas discuter de choses sérieuses dans tes bras.

Il la couvrit de caresses et de baisers, en se félicitant de la voir s'abandonner.

– Chérie, je veux un prêtre, pas un juge de paix, avec une vraie église, des fleurs partout, des sons de cloche, et tout Bowersville devant l'autel. Ce sera le plus beau jour de ma vie... Deux semaines, c'est un maximum. Je me demande si je pourrais attendre jusque-là.

– Ça ne me laisse pas beaucoup de temps.

Thorn s'attaqua aux boutons du chemisier, en forme de perles de nacre.

– Non? Et pourquoi donc?

Elle se mit à rire.

– Mais pour me préparer, idiot! D'abord, je n'ai rien à me mettre.

Thorn avait enlevé le chemisier et retiré en un tournemain le soutien-gorge de soie et de dentelle.

– Superbe! s'extasia-t-il en embrassant un sein, puis l'autre. Magnifique! Tu serais belle comme une reine, même dans un sac de pomme de terre. Même dans un filet de pêcheur.

– Quel pingre! railla-t-elle, en se cambrant pour mieux lui offrir sa gorge palpitante. Que dira le prêtre? Je veux une robe.

– Nous irons la chercher où tu voudras. Dans des pays lointains. En Perse. Ou en Chine... ou à New York, où je pourrai t'accompagner.

– Chéri, tu n'as pas le temps. Tu ouvres ton cabinet dans deux jours, l'as-tu oublié?

– Jamais de la vie...

– Thorn...

Sous ses doigts magiques, Rachel se rendait, partait à la dérive. Thorn, le souffle court, remonta la jupe de la jeune femme et commença à lui ôter ses bas.

– Avons-nous fini la discussion? soupira-t-il. Je ne peux pas faire deux choses en même temps.

Rachel se laissa renverser sur le vieux canapé dont les antiques ressorts protestèrent énergiquement. Ses idées se brouillaient, et elle n'écoutait plus que les exigances de ses sens.

– Voilà pourquoi la communication avec vous est impossible, docteur Cannon, se moqua-t-elle doucement.

Il eut un sourire plein de promesses.

– Communiquer n'est pas toujours parler, dit-il.

Dès le lendemain, Thorn rendit visite au pasteur. Deux ou trois bonnes paroissiennes l'aperçurent qui sortait de l'édifice centenaire.

La nouvelle fit alors le tour de Bowersville et de ses environs comme une traînée de poudre.

Comme d'habitude, tout le monde s'en mêla et Rachel reçut des dizaines de coups de fil de volontaires de tous âges se proposant de s'occuper de la réception.

Au début, lorsqu'elle s'était installée dans la maison de son grand-père, elle avait été gênée par ces témoignages de sympathie qu'elle prenait pour de la simple curiosité.

Plus tard, elle commença à y voir quelque chose de bien plus profond, une solidarité qu'elle n'avait connue nulle part ailleurs.

Aujourd'hui, tant de sollicitude l'émouvait aux larmes. Car, soudain, elle se rendait compte qu'elle était enfin des leurs, qu'elle faisait partie d'une communauté, elle dont l'enfance s'était déroulée dans la plus morne des solitudes.

Aussi, lorsqu'un groupe de vieilles dames se présenta à sa porte, pour la féliciter et lui proposer ses services, Rachel ouvrit grande sa porte. Cinq minutes plus tard, tout le monde bavardait joyeusement dans le salon inondé de soleil, une tasse de café parfumé à la main, en grignotant un délicieux gâteau qu'une des invitées avait apporté.

Rachel souriait à travers ses larmes. Elle ne se reconnaissait plus.

Sérieux comme un pape et prenant M. Grundy à témoin, Doyle annonça la quasi-fin des travaux.

Thorn le remercia chaleureusement et il s'apprêtait de quitter son cabinet nouvellement installé pour se rendre chez Rachel, lorsque le téléphone se mit à sonner.

Il décrocha à contrecœur redoutant une urgence, puis son visage s'illumina. Il était toujours ravi d'entendre son ex-associé.

– Ah, Somerset, quoi de neuf?

D'habitude, Richard répondait par un jovial « rien, tout est vieux ». Cependant, cette fois-ci, il avait l'air d'avoir changé de refrain.

Après une brève conversation, Thorn reposa l'écouteur sur le combiné, avec une lenteur et une douceur exagérées. En fait, il avait envie de flanquer le maudit appareil par la fenêtre.

Cannon s'assit derrière son nouveau bureau d'un air songeur. Il devait beaucoup réfléchir, avant de revoir Rachel.

Une heure après, Thorn pénétrait dans la maison de Rachel, là même où il allait vivre après leur mariage. Un appétissant fumet l'accueillit l'avertissant que le dîner était en route.

Ne voyant pas la jeune femme dans la cuisine, il monta à l'atelier.

Rachel était juchée sur son tabouret devant son plan de travail. Elle avait les écouteurs de son walkman sur les oreilles, aussi n'entendit-elle pas les pas de Thorn sur le parquet.

Elle se penchait au-dessus d'une figure dessinée au fusain armée d'un pinceau trempé dans une encre ocre, quand la musique s'arrêta brusquement.

146

En se retournant, elle aperçut Thorn.

— Ah, c'est toi, fit-elle, en souriant et en retirant ses écouteurs. Comment...

Elle remarqua l'expression duré de ses yeux et son sourire s'effaça.

— Thorn? Que t'arrive-t-il?

— Pourquoi ne m'as-tu pas dit que tu avais été mannequin?

10

PÉTRIFIÉE, Rachel se demanda pourquoi il avait l'air aussi furieux.

– Eh bien, oui, j'ai été mannequin, admit-elle. Y a-t-il un mal à ça?

– Bien sûr, quand je suis le dernier à être informé, hurla-t-il, l'œil incandescent. Ah, il s'est bien payé ma tête, Richard! « Et pourquoi tu me l'as caché? Et pourquoi tu ne m'as pas dit qu'elle avait été top-modèle? » Bonne poire, j'ai commencé par nier, mais il m'a dit qu'il avait en main un *Vogue* et tu sais qui il y avait sur la couverture? Toi! En robe de soirée! Voilà pour quelle raison ce brave Richard cherchait à savoir où il t'avait déjà vue! Ah, si j'avais su...

– Que quoi, Thorn? Pas plus tard qu'hier, tu prétendais que c'était comme si tu me connaissais depuis des années.

– Je me trompais! Tu ne m'as pas dit un mot sur ta carrière de modèle. Je me demande même si tu m'aurais parlé de tes bandes dessinées si je n'avais pas mis le nez dessus.

— Tu as tort. Je t'aurais tout dit une fois que nous...

— ... Serions devenus amants?

— Amis, corrigea-t-elle en rougissant.

Thorn ricana.

— Nous sommes plus que des amis, il me semble. Pourquoi ne m'as-tu rien dit sur ta vie à New York? Ou tes photos ne seraient-elles pas, toutes, aussi convenables que celle de *Vogue*?

Elle pâlit comme si elle avait reçu une gifle.

— Je n'ai posé que pour des magazines de mode et n'ai jamais fait de photos de nu, si c'est ça que tu insinues.

— Ah, ça me revient, à présent. Quand je t'ai surprise dans la rivière, tu n'avais guère l'air gênée. Tu t'es rhabillée avec une aisance déconcertante. Ça m'avait même frappé. Je sais pourquoi à présent : l'habitude de s'habiller et de se déshabiller devant tout le monde.

— Ne te crois pas obligé de me blesser. Je n'ai rien fait dont je puisse rougir aujourd'hui. Comment oses-tu prétendre que tu me connais bien?

— Je ne suis plus sûre de te connaître. Il ne devrait pas y avoir des secrets entre nous. Si ce métier était vraiment respectable, pourquoi ne m'avoir rien dit?

Soudain, elle eut froid et se frotta ses mains glacées.

— Je n'en sais rien, fit-elle calmement. Ce n'était pas important. Ces années que j'ai passées à New York ne font pas partie de mes meilleurs souvenirs. Poser sous des projecteurs et se changer vingt fois par jour n'a rien d'exaltant.

— Alors, pourquoi tu l'as fait?

— Pour gagner ma vie, Thorn. Les mannequins sont mieux payés que les serveuses de restaurant ou les caissières de Monoprix. Il me fallait de l'argent pour payer mes cours de dessin.

— Et pourquoi t'es-tu arrêtée?

— Simplement parce que je n'avais plus besoin de revenus, grâce à l'héritage de mon grand-père. Je pouvais enfin me consacrer à mes propres créations.

Il ouvrit la bouche mais le téléphone commença à sonner. Machinalement, il décrocha, puis raccrocha en disant :

— C'était Marne. Le bébé a pris froid, je vais faire un saut à la ferme. Je dois aussi rendre visite à Mme Linstrom. Nous reprendrons cette discussion à mon retour.

Il sortit rapidement, sans lui donner une chance de répondre.

Rachel resta debout, devant la fenêtre où la lumière se teintait d'orange et de pourpre. Frissonnante, elle s'empara du téléphone et composa un numéro qu'elle chercha au préalable dans son répertoire.

Son correspondant décrocha dès la première sonnerie.

— Bonsoir, Henry, dit-elle, j'ai un service à te demander.

Ce fut chez Mme Lindstrom que Thorn apprit la nouvelle : on avait aperçu la Porsche rouge sur l'autoroute. La jeune médecin termina sa visite tant bien que mal, puis se précipita chez Rachel. La grande demeure aux fenêtres éteintes lui fit un effet sinistre.

Bon sang! Il aurait dû tenir compte de cette tendance à la fuite qu'avait la jeune femme. Une fois de plus, celle-ci s'était envolée, sans laisser un mot.

Furieux contre lui-même, Cannon abattit son poing contre un mur. Il avait trop tiré sur la corde et il allait le payer cher car chaque minute sans Rachel augmentait son supplice.

Le lendemain, il reçut sa nouvelle secrétaire et lui fit faire le tour du propriétaire. Doris Jackson, la quarantaine, connaissait le secrétariat médical, pour avoir déjà travaillé dans une clinique à Algona. C'était une vraie chance de tomber sur elle.

La journée s'écoula lentement mais, tandis que la salle d'attente se remplissait, le jeune médecin se sentait de moins en moins sûr de son avenir. Ses pensées voguaient vers Rachel. Elle reviendrait un jour, puisque la maison de Baskin était son port d'attache. « Mon Dieu, faites que ce soit tout de suite », se surprit-il à prier.

En début de soirée, après le départ de Mme Jackson, M. Grundy vint sonner à la porte.

— Bonsoir, fiston. Je viens vous inviter à dîner chez moi. J'ai fait du coq au vin et...

— Mon pauvre monsieur Grundy, j'ai peur de ne pas être de bonne compagnie.

— Balivernes!

— Je suis un idiot.

— Billevesées! La plupart des hommes deviennent bêtes quand ils sont amoureux... Allez, venez goûter à mon repas et boire un coup. Ce sera toujours ça de pris. A quoi servira-t-il de vous morfondre à jeûn?

Thorn se laissa entraîner, les yeux hagards. Passer une soirée seul à ressasser ses fautes n'aurait effectivement servi à rien.

Il était près de 22 heures lorsqu'il souhaita une bonne nuit à son vieux voisin et regagna la maison de sa tante.

Thorn verrouilla la porte et gravit les marches en déboutonnant lentement sa chemise. Il poussa le battant de sa chambre et, du coude, il appuya sur l'interrupteur. Il resta sur le seuil de la porte, bouche bée.

La décoration avait été transformée. Plus de cent photos de Rachel, en noir et blanc ou en couleur, sans compter les posters, tapissaient les murs de bas en haut. Sur chaque morceau de papier glacé, la beauté de la jeune femme éclatait, rehaussée par une coiffure sophistiquée, ou au contraire, par une tenue simple.

Sur le lit, il remarqua une boîte de chaussures attachée d'un ruban. Il l'ouvrit, les doigts tremblants, y découvrit des clichés d'une Rachel plus jeune, en jupe bleu marine, chandail assorti et chaussettes blanches, au milieu d'autres gamines. Pas une photo de famille, bien sûr.

Au fond de la boîte, il y avait ses carnets de notes, un dossier médical, la liste de ses vaccins.

152

Pendant plus d'une heure, Thorn s'abîma dans le contenu de la boîte. Ensuite, il se remit à regarder les photos sur le mur.

Rachel arpentait inlassablement son atelier, devant la baie vitrée. Cela faisait un bout de temps que M. Grundy l'avait appelée pour l'avertir que Thorn était rentré chez sa tante. Le vieux voisin d'Édith avait prêté de bon cœur son concours à Rachel.

— Le malheureux garçon est plus bas que terre, avait-il dit au téléphone. Il n'a même pas fini son coq au vin. Allez y doucement, tout de même.

Rachel faisait les cent pas, en jetant des coups d'œil angoissés à sa montre. Thorn se serait-il endormi, au milieu des photos? Ce n'était guère possible.

Elle quitta rapidement l'atelier, s'arrêta sur le palier, humant une douce fragrance qui venait d'on ne savait où.

Les battements de son cœur s'accélérèrent : des roses. Elle se rua dans sa chambre et fut déçue de la trouver vide. Un bouquet égayait la table de chevet, une gerbe de roses, en effet, de celles qui ornaient le jardin d'Édith. Il y avait une petite enveloppe sous le bouquet, que Rachel décacheta fébrilement.

La carte de bristol qu'elle en sortit était libellée de la sorte : *Ce soir, ouverture de la maison dans l'arbre de Rachel. Deuxième chêne à droite. Tenue décontractée.*

Les grillons chantaient dans l'air nocturne

153

saturé de parfum des roses et des lilas. La maison dans l'arbre avait l'air d'une vraie baraque en planches. Le cœur battant, Rachel cogna légèrement contre le bois.

Une trape s'ouvrit et la lumière dorée de l'intérieur forma un rectangle sur l'herbe. La jeune femme se mit à gravir l'échelle fixée sur le côté. Elle était presque arrivée lorsque deux grands bras familiers la saisirent par les épaules et l'attirèrent à l'intérieur.

Thorn referma la trappe et serra Rachel contre lui. Sa bouche s'écrasa contre la sienne. Avec un petit sanglot, Rachel se pendit à son cou.

Ce fut lui qui le premier s'arracha à la magie du baiser.

— Non! Cette fois-ci, on parle d'abord.

— Pourquoi as-tu fait tout ça? demanda-t-elle en embrassant d'un geste l'intérieur de la cabane.

— C'est M. Doyle qui l'a construite.

— Quand?

— Avant-hier. Quand j'ai découvert que tu étais partie, je lui ai demandé de bâtir cette maison pour toi. Dans le cas où tu reviendrais.

— Tu savais bien que j'allais revenir.

— Non, je ne le savais pas. J'ai failli devenir fou d'inquiétude. Où est-tu allée?

— Dans un motel, sur la route d'Algona. Le temps de recevoir le paquet de photos que j'ai demandées à Henry. Le temps de réfléchir, aussi.

— Rachel, me pardonneras-tu? Je ne sais pas ce qui m'a pris... Pendant un instant, je me suis senti trahi. Comme si ne pas m'avoir parlé de ta car-

154

rière de mannequin dénotait de ta part un manque de confiance.

— J'ignorais que tu accordais une telle importance à mon passé. Tu as tout ce qu'il te faut, maintenant, ajouta-t-elle dans un sourire. Comme tu as pu voir, je n'avais pas grand chose à cacher.

— Mon amour...

Elle l'enlaça.

— J'ai toujours eu du mal à parler de moi, tu le sais. Ne pas parler de ses sentiments ne veut pas dire que ceux-ci n'existent pas... Mais je te promets de faire des efforts.

Ému aux larmes, il l'embrassa dans le cou, là où une petite veine battait sous sa peau douce.

— Nous avons toute la vie devant nous, pour nous expliquer.

Rachel se mit à rire.

— Qu'allons-nous faire de cette maison dans l'arbre?

— Comme je disais à M. Doyle, elle servira de cachette à nos enfants. Le brave homme n'a rien dit, mais il ma jeté un drôle de regard.

Le rire de Rachel redoubla.

— Il n'a pas tort.

La main de Thorn glissa vers son ventre plat.

— J'espère qu'il y aura un petit, là, très vite.

Elle tressaillit.

— Ça donne matière à discussion, déclara-t-elle. J'en veux deux : un garçon et une fille.

La main de Thorn glissa plus bas.

— Je pensais que nous en aurions quatre, objecta-t-il. Deux garçons et deux filles.

Un baiser ardent les unit.

— Coupons la poire en deux, proposa Rachel. Trois... deux filles et un garçon.

— Deux garçons et une fille, rectifia Thorn, dont les lèvres cherchaient fébrilement celles de la jeune femme.

— Mais, Thorn...

Il l'embrassa avec fougue et la fit s'allonger sur le sol de la petite maison dans l'arbre.

— Nous en reparlerons, murmura-t-il entre deux baisers. Plus tard...

FEMME PASSION

Novembre 1990

N° 19 DEUX SEMAINES À PARIS par Elizabeth BARRETT

Elle vient du Maine; lui, du Minnesota; mais c'est à Paris qu'ils se rencontrent. Le Palais Royal, le quartier Latin, le Louvre, Montmartre verront naître leur amour. Mais cet amour sera-t-il assez fort pour faire basculer des existences bien organisées et remettre en question des choix déjà faits? Deux semaines, cela passe vite, trop vite. Surtout quand les sentiments échappent à tout contrôle. Aimer à Paris : un défi au bon sens!

N° 20 UN CŒUR EN OR par Dallas SCHULZE

Philippine Holden avait décidé de mettre du piquant dans sa vie monotone, mais de là à s'occuper d'un adorable bébé...! En voyant son patron, l'invincible Max Walsh, se battre avec les couches-culottes, elle ne peut s'empêcher de lui prêter main-forte. Pourtant, au bureau, la jeune assistante n'avait pas remarqué le regard de velours de son supérieur hiérarchique. Elle n'aurait jamais imaginé avoir envie de caresser son visage anguleux ou ses mèches rebelles. Et le professionnalisme imperturbable de Philippine est en train de fondre...

CLUB PASSION

Novembre 1990

Nᵒ 91   CÉLIBATAIRES AMÉRICAINS par Adrienne STAFF et Sally GOLDENBAUM

Comment remercier un homme qui vous a sauvé la vie, surtout quand celui-ci n'est autre que la coqueluche du jet-set américain, le Célibataire de l'Année? Échoués sur une île déserte des Bahamas, Katya et Michael vont vivre une aventure mouvementée, pleine d'imprévu, d'émotion et de passion. Mais que restera-t-il de leur idylle quand sonnera l'heure du retour vers la civilisation?

Nᵒ 92   PLUS HAUT QUE LES AIGLES par Peggy WEBB

Jack Donovan, le pilote qui court aux quatre coins du monde pour combattre les incendies pétroliers, semblait l'unique amour de Barbara Windham. Mais les dangers de sa profession ont raison de la fidélité de la jeune femme et elle épouse un autre homme, qui lui apporte tendresse et fidélité. Six ans plus tard, veuve et mère d'un petit garçon, elle retrouve Jack, qu'elle n'a jamais cessé d'aimer.

Nᵒ 93   DES MOTS TOUT SIMPLES par Mary Kay McCOMAS

Jeune professeur d'anglais, Beth Simms vient de s'installer dans une petite ville où elle a décidé d'élever son fils. Un passé douloureux la hante et l'empêche de retrouver le bonheur de vivre. Quand elle rencontre Jack Reardan, la jeune femme ne se doute pas qu'elle vient de trouver celui qui va bouleverser sa vie. Derrière une stature de colosse, se cache en effet une âme romantique qui va réapprendre à Beth le sens des mots les plus simples. Ceux qu'un homme prononce lorsqu'il dit à une femme : « Je vous aime. »

COLLECTION PASSION

Décembre 1990

N° 272 LE GITAN DES BAYOUS par Deborah SMITH

Paul, vétérinaire fruste et solitaire, a tout du « Gitan des bayous » de sa Louisiane natale. Et lorsque l'élégante Caroline Fitzsimmons débarque dans sa plantation afin d'entraîner son chien pour les besoins d'un film, il se jure de chasser au plus vite cette sorcière venue de Hollywood. A ses yeux, elle n'est qu'une petite peste prétentieuse, capable de charmer l'alligator le plus têtu et... de tenir son propriétaire éveillé la nuit entière. Cependant, derrière un regard fascinant, la jeune femme cache des blessures que seul Paul saurait guérir... si elle acceptait qu'il pénètre son âme.

N° 273 À DEUX PAS DU PARADIS par Barbara BOSWELL

C'est à contrecœur que Liana Novak doit quitter la brigade mondaine pour un autre département à Washington. Être une femme dans la police n'est déjà pas une mince affaire, mais, lorsqu'il s'agit de travailler avec le sergent détective Michael Kirvaly, les choses ne font que se corser. Le rapport de force est inégal et les deux partenaires sont aussi attirés l'un vers l'autre qu'ils sont rivaux.

N° 274 LE BAL D'AMANDA par Kay HOOPER

Amanda Wilderman, richissime héritière, ne croit pas aux contes de fées dont on a bercé son enfance. L'amour la fuit : sa trop grande fortune l'isole et glace le cœur de ses soupirants. Lorsqu'elle doit se rendre à un bal masqué, déguisée en Cendrillon, Amanda sait qu'elle y rencontrera Ryder en costume de prince Charmant. Mais elle ignore que le destin est aussi au rendez-vous.

LA COMPOSITION, L'IMPRESSION ET LE BROCHAGE DE CE LIVRE
ONT ÉTÉ EFFECTUÉS PAR LA SOCIÉTÉ NOUVELLE FIRMIN-DIDOT
MESNIL-SUR-L'ESTRÉE
POUR LE COMPTE DES PRESSES DE LA CITÉ
EN OCTOBRE 1990

Imprimé en France
Dépôt légal : novembre 1990
N° d'impression : 15269